悪役令嬢になりたくないので、王子様と一緒に完璧令嬢を目指します！3

月神サキ
Saki Tsukigami Presents

JN076938

fairy kiss

この作品はフィクションです。
実際の人物・団体・事件などに一切関係ありません。

悪役令嬢になりたくないので、
王子様と一緒に完璧令嬢を目指します！3

第六章　秘密の尾行

屋敷に戻った私は、早速便箋《びんせん》を取り出し、アルに手紙を書いた。ウィルフレッド王子がクロエをデートに誘ったこと。可能であればウィルフレッド王子に、デート中、クロエを困らせないようにと一言言って欲しいという旨をしたためたのだ。

手紙を使用人の一人に託し、ほっと息を吐く。

アルがどう返事をするのかは分からないが、『働きかけをする』というクロエとの約束を守ることができた。それにやっと、クロエに私が精霊契約をできていないと言えたのだ。

大事な友人に隠し事をしている後ろめたさはあったので、ようやくそれがなくなったと、解放された気分だった。

「クロエは、やっぱり優しかったわ」

ルークが淹《い》れてくれたハーブティーを片手に、窓際に立つ。私の部屋からは屋敷の中庭の様子をよく見ることができた。庭師が薔薇《ばら》の剪定《せんてい》をしている。父よりもずっと年上の庭師の頭は真っ白だったが、彼はとても草花が好きな人で、まだまだ現役で働きたいのだと、彼の息子と共に活躍していた。

少し離れた場所ではその息子が花に水をやっている。つばの広い麦わら帽子を被《かぶ》っているので、彼の姿はすぐに見つけることができた。

平和な光景に、表情が勝手に緩む。

「お嬢様」

ルークが窺《うかが》うように声を掛けてくる。私は眼下の景色から目を離し、だけどもルークには視線を合わさず口を開いた。

「クロエに言ったの。精霊と契約できなかったって、はっきり。そしたらね、クロエ、私のために協力してくれるって。自分の契約精霊に、どうして私が契約できないのかを聞いてみるって言ってくれたわ」

「……そうですか」

どう答えようか考えたのだろう。少しだけど間が空いた。

私は小さく笑い、ようやくルークの顔を見た。

「まあ、クロエに呼び出された精霊は、何故《なぜ》か私を見て悲鳴を上げて消えたけどね。この調子だと、三度目の契約も不安しかないわ」

「消えた、んですか？」

「ええ。その後、クロエがどんなに呼んでも、応えてすらくれなかったの。契約している精霊なのによ？　もう私、どれだけ精霊に嫌われているのかしらって思うわよね」

「お嬢様……」

痛ましげな顔をされ、私はムッと頬を膨らませた。

「同情は止《や》めてちょうだい。私は諦めないって誓ったのだから。クロエは私がいない時に、もう一度精霊を呼び出して、事情を聞いてみると言ってくれたし、そこに期待するわ」

ルークは目を丸くし、今度は嬉《うれ》しそうに微笑《ほほえ》んだ。

「本当にお嬢様は、アラン殿下が絡むと、強くも弱くもなりますね」

「当たり前だわ。好きなんだもの」

好きだからこそ、一喜一憂する。そんなの当たり前のことだ。

ハーブティーを啜《すす》る。飲み頃になったお茶は美味《おい》しく、なんだか頭がすっきりとした。

「あら、美味しいわね、これ」

「ペパーミントのお茶です。気に入っていただけたのなら良かったです」

「ええ、また淹れてちょうだい」

いつまでも立っているのも疲れるので、近くにあった肘掛け椅子に座る。

今、私にできることは殆《ほとん》どない。精霊契約については、クロエ待ちだし、クロエのことについてはアルからの返事を待つしかないからだ。

「ただ、待つだけっていうのが一番疲れるわね」

本音を零《こぼ》すと、ルークは「そうですね」と苦笑しながらも同意してくれた。

◇◇◇

次の日、アルからは手紙の返事があった。

手紙を持ってきたルークに王城の使いが返事を待って外にいると聞き、慌てて開封する。

そこには、詳しいことを話したいので王城に来て欲しいと書かれており、使いが城に帰らないのは、どうやら私をアルの元へ連れて行くために待っていたからということが分かった。

「今すぐ、用意するわ」

屋敷にいた父に事情を話し、メイドを集めて準備を手伝わせる。

今日は緑色の混じった青いドレスだ。袖口のレースが可愛《かわい》らしくてとても気に入っている。久々に作った新作ドレスだった。過度に金をかけたりはせず、今の私の身の丈に合った予算で作ったのだが、十分すぎる出来映えだ。

髪は黒いリボンで束ね、薄くではあるが化粧もする。最後にアルとお揃《そろ》いのブローチとブレスレットをつければ完成。

登城するに相応《ふさわ》しい格好になった私は、用意されていた馬車に乗り込んだ。

使いである侍従が案内してくれたのは、前回も行ったアルの私室だ。私を部屋の前まで案内すると、彼は「殿下、リズ・ベルトラン様をお連れしました」と声を掛け、下がっていった。

大人しく待っていると、しばらくして扉が開かれる。中から顔を出したのはアルだった。

今日もその姿は相も変わらず麗しい。ガーネットを思い起こさせる美しい瞳にかかった黒髪が、得も言われぬ色気を醸《かも》し出している。

柔らかな視線が私に向けられ、思わずドキッとしてしまった。

「リリ、ごめんね。急に呼びつけてしまって」

少し低めの聞き取りやすい声音。声まで完璧な私の婚約者には、どこにも隙がない。

さすがローズブレイド王国の第一王子。今日着ている紫がかった紺色のジャケットもよく似合っていた。襟に金糸で縫い取りがされており、とても華やかだが、アルが着ると派手には思わない。むしろ誂《あつら》えたかのようにぴったりだ。

「い、いいえ、元はといえば私がお願いしたことですから」

アルに見惚《みと》れ、一瞬呆《ほう》けてしまったが、すぐに我に返った。

否定するように首を横に振ると、彼は入室するよう私を促した。

言われた通り中に入る。アルは私を見て、眩《まぶ》しそうに目を眇《すが》めた。

「また今日は一段と可愛い格好をしているね。その色、すごく似合っているよ。いつも思うけど、君はレースがよく似合うよね」

「ありがとうございます」

新作のドレスを褒めてもらえたのが嬉しい。

アルに案内され、ソファに腰掛ける。すぐに女官がやってきて、お茶菓子と紅茶を並べていった。

女官が下がってから、アルが言う。

「手紙、読んだよ。ウィルがカーライル嬢に迷惑を掛けているみたいだね。僕も注意はしているんだけど、聞いてくれなくて困っているんだ」

「そう……ですか」

ある意味思った通りの言葉に、溜息《ためいき》を吐《つ》く。アルも困ったような顔をした。

「手紙にあったね。カーライル嬢がウィルに遠乗りに誘われたと。そういえば言っていたよ。『デートイベント』がどうのって。本当にあいつは、現実を生きているのか時折本気で心配になる」

「……『デートイベント』ですか」

イベント、と言い切ってしまうウィルフレッド王子が怖い。

このままでは遠乗りも、クロエが傷つく結果になるのではないだろうか。そんな不安に苛《さいな》まれていると、扉をノックする音が聞こえてきた。

「……誰だ？」

「兄上、オレだよ！」

「ウィル……」

アルが入室許可を出す前に入ってきたのはウィルフレッド王子だった。彼はアルと一緒にいる私を見つけ、目を丸くする。

「あれ？　リズ・ベルトランじゃん。何、兄上、デート中だったのか？　……邪魔して悪かったかな。出直すよ」

すぐさま出ていこうとしたウィルフレッド王子をアルが引き留める。

「待て、ウィル。気を遣ってくれなくていいからこちらに来い。……リリ、君もいいよね？」

「は、はい！」

慌てアルの言葉に頷《うなず》く。

アルの考えはなんとなく分かった。ちょうどいい機会だし、本人に直接話を聞こうと思っているのだろう。そしてそれを私にも聞かせてくれるつもりなのだ。

「え？　オレ、お邪魔じゃねえ？」

「まさか。お前は僕の弟だろう。将来の義理の姉と親交を深めるのは悪くないんじゃないかな」

「兄上がそれでいいならオレは構わないけど」

ウィルフレッド王子の方が遠慮したが、アルは上手《うま》く言いくるめ、ソファに座らせることに成功した。

「で、何の用でお前はここに来たんだ？」

まずはウィルフレッド王子の用事を聞き出すことに決めたらしいアルが、彼に尋ねる。ウィルフレッド王子はとてもいい笑顔でアルに言った。

「いや、実はもうすぐオレ、クロエとデートでさ。そのことを兄上に自慢がてら、報告に来たってわけ」

「報告？」

眉を寄せるアルに、ウィルフレッド王子が胸を張る。

「そ。ちゃんと兄上に言われた通り、伯爵に話も通したし、デートに誘う手順は踏んだってな。兄上、これなら文句はないよな？　な？　な？」

「……なるほど、確かにその通りだね」

眉を寄せたまま、アルが頷く。

「お前が成長してくれたようで兄としては喜ばしい限りだよ、ウィル。ところで、一応尋ねておくけど、カーライル嬢に無理強いはしていないだろうね」

アルがチクリと言ってくれてホッとした。

そうだ、その通りだ。

クロエはウィルフレッド王子に誘われてとても困っていたし、できれば行きたくないと悩んでいた。そのあたり、彼はどう思っているのだろうか。

息を詰めてウィルフレッド王子を見つめる。彼は不快そうに顔を歪《ゆが》め、兄に反論した。

「するわけないだろ！　クロエは、オレのルートに入ってるんだから。オレに誘われて嬉しい気持ちはあってもイヤだなんて思うわけないし！」

「……それはお前の思い込みだろう」

「違うって！　……いや、確かにまだ序盤だから、好感度は低めだけどさ。デートが終われば、一気にクロエの気持ちはオレに傾くから。心配しないでくれよな」

ウィルフレッド王子はアルに懇願するように言った。

「なあ、兄上。信じてくれよ。オレは今、すっげー大事なイベントをしているところなんだ。確かにちょっと強引なこともしたし、兄上が言うことも分かるけどさ……オレなりに真剣なんだから邪魔はして欲しくないんだよ」

「……ウィルなりに、ね」

トゲのある言い方だったが、ウィルフレッド王子は気づかなかった。逆に必死に訴える。

「そうだよ。兄上だって、分かるだろ？　好きな女を落としたいって気持ち。だってさ、今日だってこうして婚約者を部屋に連れ込んでいるんだからさ」

「それは分かるよ」

「だろ！」

ウィルフレッド王子が破顔する。だがアルは渋い顔をしていた。

「お前と一緒にして欲しくはないけどね。僕とリリは、思いの通じ合った恋人同士で、お前とは違うんだから」

「だから、近々そうなる予定なんだって」

「それならそうなってから、言ってくれ。可能性の話なんて聞きたくないし、お前が現段階でカーライル嬢に迷惑を掛けているかもと思うだけで、僕の胃は痛むんだよ」

「兄上……」

「あ、あの！」

どうしても我慢できなくなって、声を上げた。

二人の視線が私に向く。我に返り、無礼だったと焦ったが、アルがフォローしてくれた。

「ああ、ごめんね。リリ。ずっと放置していて。退屈だったよね。で、何かな？」

「あの、ウィルフレッド殿下に……」

「オレ？」

驚いたようにウィルフレッド王子が己を指さす。それにこっくりと頷いた。

「あの……ウィルフレッド殿下。お願いですから、クロエを困らせないで下さい。クロエは私の大事な友人なんです。その……殿下のお気持ちを否定する気はありませんが、クロエの気持ちも考えてあげて欲しいというか……」

失礼なことを言っていると分かっていたが、言わずにはいられなかった。

だってウィルフレッド王子はクロエのことを見ていない。

勝手に恋人になる予定だと言い、だから多少強引なことをしても許されると思っている。

——クロエは困っているのに。

追い詰められ、私に相談してきた彼女の姿を知っているだけに、黙ってはいられなかったのだ。

じっとウィルフレッド王子を見つめる。彼は困ったように頬を掻《か》いた。

「んー……気持ちって言われてもな、クロエはオレのことを好きになる予定だから、何も問題ないんだって。他に転生してる奴《やつ》がいれば、オレの言ってることが正しいって分かってくれるのに……ほんと、なんで、オレしか転生してないんだ？」

ブツブツ言いながら、ウィルフレッド王子は立ち上がる。縋《すが》るようにその動きを目で追うと、彼はにっと笑った。

「あんたは理解できないだろうけど、大丈夫だって思っとけばいいさ。あー、でもおもしれーな。悪役令嬢とヒロインが友達で、その悪役令嬢はメインヒーローとくっついてるんだからさ。もうなんか、予想外すぎて、最近は面白いとしか思わなくなってきたんだけど」

「ウィル！」

アルが厳しい声で咎《とが》めたが、ウィルフレッド王子は気にしなかった。

ソファから立ち上がり、アルに言う。

「ま、そういうわけだから、心配ご無用。クロエのことは、ちゃんとオレが落としてみせるから。兄上はオレのことは気にせず、リズ・ベルトランとイチャイチャしとけばいいじゃん。確か、兄上のイベントなら結構そういうのがあったはずだし」

そうしてヒラヒラと手を振り、アルの制止も聞かず、部屋を出て行った。

「アル……」

思わずアルに目を向けると、珍しくも彼は舌打ちをしていた。

「あいつは……結局、僕の言ったことを全然分かっていないじゃないか」

そうして苛々《いらいら》する自分を鎮《しず》めるように、深呼吸をし、私に無理やり作った笑顔を向けてくる。

「ごめんね、弟が。僕なりに注意はしてみたけど、あんまり役には立てなかったようだ」

「いえ……そんな。私の方こそ、余計な口出しをしてしまってすみません」

「リリは友達が心配だっただけでしょう？　何も悪いことはしていないよ。でも……このままだとウィルは暴走しそうだよね」

「……はい」

そんなことはないとは言えなかった。唇を噛《か》みしめる私にアルが言う。

「あいつのことは一旦置いておこう。もちろん僕もこのままにするつもりはないよ。王家の人間としてウィルを放置するわけにはいかないからね」

「分かり……ました」

クロエのことは心配なままだったが、これ以上は望めない。あとはアルに任せるしかないと頷いた。

すっかりお茶が冷めてしまったので、アルが女官を呼び、淹れ直させる。何気ない話をし、気持ちが落ち着いてきた頃、私はもう一つの話を切り出した。

こちらもアルに言っておかなければ。そう思っていたのだ。

「あの、アル。お話があります」

「ん？」

ティーカップを持っていた手が止まる。そんな姿ですら様になっているなと思っていると、アルはゆっくりと首を傾《かし》げた。

「話？」

「はい。あの、直接話したかったので手紙には書かなかったんですけど、実は私、クロエに彼女の契約精霊を呼び出してもらったんです」

そうして、クロエの精霊が私の顔を見て逃げてしまったこと。その後は何度クロエが呼び出しても応じてくれなかったことなどをアルに話した。

アルは私の話に相槌《あいづち》を打ち、一つずつ確認しながら聞いてくれた。

「そうか、大変だったね。……リリ、大丈夫？　少し参っているようにも見えるけど」

「大丈夫だと言えば嘘《うそ》になりますけど、でも、平気です。だって私、諦めないって約束しましたから」

正直に自分の心境を話す。精霊に拒否されたのは辛《つら》かったが、こんなことでへこたれてはいられない。だって私にとって何より恐ろしいのは、アルとの婚約が解消されてしまうこと。そうならないように努力する時間があるうちは、何でもいいから試したかった。

悲壮な決意を固める私にアルが困ったように言う。

「そこまで思い詰めてくれなくていいんだよ。君が精霊と契約できようができなかろうが、僕が君を手放す予定はないいんだから」

「え……でも」

契約できなければ王家の人間とは結婚できない。それを否定するようなアルの言葉に驚いたが、アルは笑って言った。

「いいんだ。いざとなれば、僕は王子をやめて、ウィルに王太子の座を譲るから。そうしたら二人でのんびり暮らそうよ。そういうのも悪くないよね」

「ア、アル……何を……」

いきなり言われた言葉に目を見開く。

王太子の座を降りる？

まさかの言葉に驚愕《きょうがく》し、咄嗟《とっさ》に言葉が出てこない。

私は慌てて立ち上がり、彼の側《そば》に行った。膝をつき、懇願するように見上げる。

「駄目です……！　そんな。王太子を降りるなんて。いくらなんでも言っていいことと悪いことがあります」

それも私のためになんて。

嬉しいと思うよりも、恐怖が勝った。

泣きそうになる私にアルは平然と告げる。

「別に冗談じゃないよ。本気で言ってる」

「なおのことです！　質《たち》が悪すぎます！」

アルは私と違い、皆に将来を期待されている王子なのだ。私のために、国王にならないなど許されることではない。

だがアルは無情にも言い放った。

「君がいない玉座になんて何の興味もないよ。君が側にいてくれないんじゃ意味がない。僕はね、君以外の女性を妻に迎える気なんてとうの昔にないんだ」

「わ、私だってアルと結婚したいって思ってます！」

「それなら何の問題もないよね。だから僕が言いたいのは、『僕と結婚できないかも』なんて考えなくていいよって話。この話も本当はするつもりはなかったんだけど、リリがあんまりにも思い詰めているから少しでも気が楽になればと思って。僕の決意、分かってくれた？」

私が精霊契約できなければアルが王太子の座を降りるなんて、結婚できなくなるかもと思うよりもゾッとした。

アルが王太子でなくなるのが嫌なのではない。皆から玉座につくことを期待されている王子を、私のせいで失うかもしれないというのが嫌なのだ。

呆然《ぼうぜん》としていると、アルが私の手を握り、立たせた。そうして自分の隣に座らせる。頬にそっと手を当てられた。

「そりゃあ王太子でなくなった僕に、君が価値を見出《みいだ》してくれるかは分からないけどさ」

「わ、私、アルが王太子だから好きなわけじゃありません……！」

昔の私なら、もしかしたら嫌がったかもしれない。

第一王子と結婚し、後《のち》の王妃となることをステータスに感じていたからだ。

でも、今の私は王子のアルではなく、アル自身が好きなのだ。彼が王子であろうとなかろうと、そんなことはどうでもいい。

はっきりと否定すると、アルはふわりと口元を緩めた。

「ありがとう。大丈夫。君が僕のことを好きでいてくれていることは、ちゃんと分かってるから。ただ言ってみただけ。冗談みたいなものだよ」

「心臓が止まるかと思いました……」

「ごめんね」

クスクス笑うアルだったが、本当に胸が痛い。特に、昔の私なら今の彼の言葉に違う意味で激昂《げっこう》しそうだと分かっているだけに辛かった。

「冗談でよかった。その……さっきの、私が契約できなければ王太子の座を降りるというのも冗談ですよね？」

一応確認した。だって本当に怖かったのだ。

だが、アルはキョトンとした顔をする。

「え？　何を言っているの。本気に決まっているでしょう。僕が冗談だと言ったのは、君が、王太子でない僕に価値を見出さないかもって部分だけだよ」

「……絶対に、精霊契約、成功してみせます」

本気の声音を感じ取り、即座に覚悟を決めた。

腐っている暇なんてないと実感したのだ。このまま私が精霊契約できなければ、アルは間違いなく王太子であることを止めてしまう。そんなことは絶対にさせられない。

「無理しなくていいって言ってるのに」

アルは笑って言うが、私としては笑えない。

彼が私のことを愛してくれているのはよく分かったし嬉しいと思うけれども、だからといって受け入れられるかどうかは別問題なのだ。

「アル、私、頑張りますから、妙なことは考えないで下さい」

思わず、アルの手を両手でギュッと握ってしまう。

アルは笑うだけで答えない。

それに焦りつつも、気づいてしまった。

認めたくないけれども、心の中にあった重しが軽くなったように感じたのだ。

——どんなことになっても、アルは私の側にいてくれる。

私の心は、歓喜に震えていた。彼の差し出してくれた愛が嬉しかったのだ。

──私って本当に最低。

アルが王太子の座を降りるかもしれないというのに、嬉しく思ってしまうなんていけないことだ。

自分の浅ましさに情けなく思いつつも、喜びの感情は隠せず、とても複雑な気持ちになってしまった。

◇◇◇

それから数日後、私はクロエに会うために、孤児院へ向かった。

クロエはいつも通り子供たちを相手にしていたが、私を見ると、嬉しそうに駆け寄ってきた。

「リリ！」

「クロエ。その……少し話がしたいのだけど、いい？」

「……もちろんよ」

私の曇った表情を見て、何の話題か察したのだろう。クロエは少しガッカリしたような顔をしたが、すぐに気を取り直したように笑顔を見せた。

二人で孤児院の外に出る。扉の前にある五段ほどの階段に腰を下ろした。

少し離れた場所では、ケイトさんが箒《ほうき》を持って、掃き掃除をしている。それをなんとなく見つめながら私は口を開いた。

「アルに、ウィルフレッド殿下のこと話したわ」

「ほ、ほんと⁉」

驚き身を乗り出すクロエに私は頷いた。

「ええ。アルは私の目の前で、ウィルフレッド殿下におっしゃって下さったわ。あなたに無理強いはしていないかって。その、出過ぎた真似《まね》だと思ったけど、私も言った。でも、ウィルフレッド殿下は本気にはとって下さらなくて……」

「そう……」

私の話を聞き、クロエが小さく息を吐く。それがまるで全部を諦めてしまったような音に聞こえ、酷《ひど》く胸が痛んだ。

「ごめんなさい。もっと、力になれればよかったのだけれど」

項垂《うなだ》れながらも謝罪の言葉を紡ぐと、クロエが驚いたように私を見た。

「どうしてリリが謝るの？　リリは私のために頑張ってくれたのに、謝る必要なんてないわ」

「でも、結果を出せなかった」

それでは何の意味もない。だが、クロエは力強い言葉で否定した。

「そんなことない。だって最初から無理かもって話は聞いていたし、私も覚悟していたもの。それにウィルフレッド殿下、話は聞いて下さったのでしょう？　それなら何もないよりよほどましよ」

「そう……かしら」

「ありがとう、リリ。私のために頑張ってくれて。アラン殿下にもお礼が言えればいいんだけど……」

「アルには私から話しておくわ」

そう言うと、クロエは頷いた。

「そうね。お願いするわ」

「……遠乗り、大丈夫？」

力になれなかった私が尋ねるのもどうかと思ったが、気になるものは気になるのだ。

窺うように聞くと、クロエは力なく笑った。

「……ええ。リリたちが頑張ってくれたのだもの。私も頑張らなくちゃ」

「……本当にごめんなさい」

「だから、謝らないで。どのみち、行かないなんていう選択は私にはなかったんだから。一日、たった一日我慢すれば済むだけの話よ」

クロエの言葉は、まるで自分に言い聞かせているように聞こえた。

クロエがもう一度溜息を吐く。そうしてぱんっと自分の頬を叩《たた》いた。

「ああもう、この話は終わりにしましょう！　ええとね、リリ。私もあなたに報告があるの。この間言った通り、もう一度ソラを呼び出してあなたのことを聞いてみたんだけど……」

「えっ……」

まさかもう聞いてくれているとは思わなかった。驚いてクロエを見ると、彼女は大きく頷いた。

「あなたのためにできることだもの。やるに決まってるわ。……最初は、ソラ、いくら呼んでも出てこなかったんだけど、日を置いたら応じてくれるようになったの。それで、どうして逃げたのかってはっきり聞いてみたんだけど」

「ええ」

ゴクリと唾を呑《の》み込んだ。

一体何を言われるのか。この答えにより、今後の自分の進退が決まるような気持ちにさえなった。

「嫌いなものが側にあったら、出て行きたくても行けないって、ソラはそう言ったわ。あなたと一緒にソラを呼んだ時、どうやらソラが嫌いなものがあったらしいんだけど……」

「嫌いなもの？　それって何なの？」

一番聞きたいところだ。答えを求めてクロエを見ると、彼女は首を横に振った。

「ごめんなさい。そこはどうしても教えてくれなかった。話題にもしたくないってそんな感じで。取り付く島もないっていうのはああいうのを言うのね」

「そう……」

精霊が嫌いなもの。そう考え、もしかしてそれは私ではないかと思い当たった。

「……私が、嫌われてる？　ううん、でも……」

一瞬、マイナス思考に陥りかけたが、思い出した。

だって、アルの呼んでくれた精霊は私を見て「契約できる」と言ってくれたのだ。それを信じるのなら、私が彼らの『嫌いなもの』に当てはまるとは思えない。

「……なんなんだろう」

精霊の嫌いなもの。

全く見当もつかなかった。

「どの精霊も嫌いって思っているのかしら」

クロエの精霊は嫌がった。でも、アルの精霊は普通に出てきてくれたことを思い出せば、精霊には個人個人好みがあると考えた方がいいのかもしれない。

それとも、アルの時には嫌いなものはなかったのだろうか。

分からないと思いつつ首を傾げていると、クロエが言った。

「ごめんなさい。聞いておく、なんて偉そうなことを言ったわりに、碌《ろく》な情報を得られなかったわ。もっとリリの力になれるとよかったのに」

その言葉に私は笑った。

それでは先ほどの私と同じではないかと思ったのだ。

「そんなことないわ。クロエが聞いてくれてとても助かった。だって、嫌いなものがあったから出てこられなかったって、クロエの精霊は教えてくれたのだもの。それが私の契約に関わっているのかは分からないけれど、なんのヒントもないよりよほどいいわ」

嫌いなものが何かをまずは調べればいい。そしてそれが私の契約時にあったのかどうかを確認するのだ。もしあれば、それが私と契約できない原因だと分かるから、取り除けばいいだけだし、そうでなければ違う要因だったということになる。何もできなかった頃よりできることがある分、よほどマシだと思った。

私はクロエに向かい、はっきりと言った。

「ありがとう、クロエ。今の私には十分すぎる成果よ」

「本当に？」

「嘘を吐いてどうするの。私より、よっぽど役に立っているわ」

「……そういう言い方は止めて。リリも頑張ってくれたわ」

「ええ。そうね」

自分が役に立てたとは思わないが、そう言ってくれるクロエの心が嬉しくて頷く。

ああ、やっぱりクロエと友達になれて良かった。

そして同時に、大事な友達であるクロエが不本意な遠乗りに連れて行かれるのを黙って見ているわけにもいかないとも思った。

――だって私は、次は絶対にクロエを見捨てないと決めたのだから。

「……私、絶対にクロエを助けるから」

小さく呟《つぶや》いた決意は、幸いにもクロエには聞かれていなかった。

◇◇◇

「よし、行くわ」

クロエのデート当日。

私は、朝早くから起き、行動を開始した。素早く朝食を食べ、部屋に戻った後は動きやすい格好に着替えた。準備は万端。何としても目的を達成するのだと気合い十分だった。

私がしようとしているのは、クロエのデートを遠くから見守ること。

ウィルフレッド王子の言動を聞いている限り安心はできないし、大事な友人に何かあったらと思うと、気が気でない。こうなったらこっそり後をつけてやろうと思っていた。

「クロエからデートの目的地は聞いているし」

そこに先回りして、二人を見守ればいい。

何もなければそれに越したことはないし、万が一、クロエが意に沿わないことをされそうになった時は、身を挺《てい》してでも守ろうと思っていた。

時間を確認する。

クロエは昼前に、ウィルフレッド王子が迎えに来ると言っていた。少し早くはあるが、遅れるよりはいいだろう。現地で隠れて待っていればいいと考え、置き手紙を用意した。

『孤児院へ行ってきます』

少し厳しい言い訳かもしれないが、これくらいしか思いつかなかった。

ルークは置いていくつもりだ。さすがに他人のデートを監視しに行くと言えば止められると分かっていたから。そして、止められても、私は頷けない。だってクロエは私が守るのだと決めたのだ。行かないという選択肢がないのだから、ルークに話すことは論外だった。

「ルークが部屋に来る前に行かなくちゃ……」

この時間、ルークはいつも他の使用人たちと一緒に、屋敷の掃除をしている。彼の目が唯一私から離れる機会だ。これを逃す手はない。

だが――。

「お嬢様、よろしいでしょうか」

「えっ……」

置き手紙を机の上に置こうとしたところで、扉がノックされた。聞こえて来たのは、今はここに来ないはずのルークの声だ。思わず手紙を握り潰す。

――どうしてルークがここに来るのよ‼

いつもなら、あと一時間は掃除に追われているはずだ。今日に限って何故と思いながらも、仕方なく返事をした。

「な、何かしら」

外出がルークにバレたらどうしよう。そんな気持ちがあったからか、声が少し震えてしまったが、幸いにも気づかれなかったようだ。

安堵《あんど》しつつも、握り潰してしまった手紙に目を向ける。もう一度書き直さなければと思っていると、ルークが要件を告げた。

「アラン殿下がいらっしゃっております。お通ししても大丈夫ですか？」

「えっ……？　アルが？」

予想外すぎる名前を聞き、変な声が出た。驚く私に、ルークが優しい声で言う。

「デートのお誘いだそうで。良かったですね、お嬢様。殿下、どうぞ」

「ちょ……ちょっと待って……！」

来るなんて聞いていなかったから、心の準備ができていないのだ。だが、私の制止は一足遅かったらしい。扉が開き、アルが入ってきた。

今日は全体的に黒っぽい格好をしている。ぴったりとしたズボンとロングブーツに目が行く。まるで乗馬服のようだ。いつもより若干落ち着いた服装だが、相変わらずよく似合っていた。

「おはよう、リリ。今日はね、一日暇になったからデートのお誘いにきたんだ。突然でごめんね？」

私は「どうしてこんな時に！」と思いながらも挨拶をした。

「おはようございます、アル。会えると思っていませんでしたので、お会いできたことをとても嬉しく思います」

嘘ではない。

アルと会えたことは嬉しい。だけどどうして今日なのだろう。

自分の運の悪さに臍《ほぞ》をかんでいると、アルが言った。

「今日を休みにできるか、昨日の夜まで分からなかったんだ。それで、連絡できなかったんだよ。朝早くから訪ねたのは、ちょっと気分転換に遠出をしようかなと思って。あ、もちろん、君の両親には了承を得ているよ」

「そ、そうですか……」

両親の了承を得ているという言葉を聞き、項垂れた。どうやら、クロエのデートに先回り作戦は始める前に失敗に終わったらしい。

なんとしてもクロエを助けようと決意はしていたが、この状況でアルの誘いは断れない。

「もう、外に出られるかな？」

「……す、少し待っていただければ」

何はともあれ、手の中のくしゃくしゃになった手紙をまずは処分しなければ。

そう思った私は、慌てて時間が欲しいと告げた。アルはすんなりと頷く。

「そう。じゃ、僕は部屋の外で待っているよ。準備ができたら出ておいで」

「は、はい」

アルが部屋を出て行く。急いで手紙を屑《くず》入れに捨てた。幸か不幸か、出掛ける準備は万端。一応、姿見で全身のチェックをした後、部屋を出た。寛《くつろ》いだ様子で待ってくれていたアルは、同行の可否を聞いてきたルークに「恋人同士の逢瀬《おうせ》の邪魔をするのはどうかと思うよ」と言って一蹴し、私を外へ連れ出した。

「え？」

てっきり馬車が待っているかと思ったが、いるのは馬が一頭だけだった。見覚えのある白馬。以前、破落戸《ごろつき》から逃げてきた私を助けに来てくれた時に乗っていた馬だ。

「えと……」

どういうことかとアルを見上げると、彼はにっこりと笑った。

「今日は馬車ではなく、馬に乗っていこうと思って。さ、リリ。僕の前に乗って」

「えっ……えっ？」

あれよあれよという間もなく、馬に乗せられる。

そうして戸惑っている間に、出発してしまった。

「え、えーと……」

怒濤《どとう》の展開について行けない。

アルの手綱さばきは非常に安定していて、乗っていても不安はない。だが、一体どうしてこんなことになっているのだろうと混乱していると、頭上でアルが言った。

「ごめんね。強引な手段を取って」

「え……？」

アルの顔を見上げる。彼は目線を一瞬だけこちらに向けると、にこりと笑った。

「良かったよ、間に合って。リリ、ウィルとカーライル嬢の遠乗りについて行こうって考えていたでしょう。君が友達思いなのは知っているけど、一人でっていうのは勘弁して欲しかったな」

「……！」

絶句した。

まさか、自分の行動を読まれているとは思わず、大きく目を見開いてしまう。

「ア、アル……どうして……」

こんな言い方をすれば、彼の言葉を認めたも同然なのだが、驚きすぎて誤魔化すこともできなかった。まともに会話になっていない私に、アルは馬の速度を落とし、宥《なだ》めるように言う。

「落ち着いて。どうして分かったのかということなら説明するから。……数日前、ルークから連絡が来たんだよ。『お嬢様の様子がおかしい』ってね。どうにも落ち着かない様子で、外出用の服を何度も確認し、普段は興味もない王都の地図を必死で見ている。どうしてなのかと聞いても、『なんでもない』の一点張り。何か知らないかってね」

「……」

何とかルークを出し抜こうと頑張っていたつもりだったのに、完全にバレていたと聞き、無言になった。

何というか……すごく格好悪い。

「君はカーライル嬢のことを殊更気に掛けていたように見えたし、うちもね、ウィルがうるさくて、うるさくて。聞いてもいないのにデートの場所や日時を話していくものだからすぐにピンときた。リリは多分、現場に直接乗り込むつもりなんだろうなって」

「……」

私の浅はかな考えなど、ルークやアルにはお見通しだったというわけだ。

不審な行動を取る私が気になったルークはアルに連絡し、アルは私が何をしでかすつもりなのか気づいたと、そういうことなのだ。

——穴があったら入りたいわ。

とても恥ずかしかった。

小さくなってしまった私にアルは言う。

「どうやら君は今回、ルークに事情を説明してはいないようだ。それに気づいた僕は彼に言ったんだよ。『実は近々、サプライズでリリを遠乗りに誘おうと思っている。でも、リリは察してしまったんだろうね。だからいつ誘われてもいいように、外出着を確認したり、地図を見たりして、ソワソワしているんじゃないかな』って」

「……アル」

パチパチと目を瞬かせた。

アルが私の事情を知って、なおかつルークに黙っていてくれたことが信じられなかったのだ。

しかも、嘘まで吐いて。

「僕の話を聞いて、ルークは納得してくれたよ。そして差し支えなければ、そのデートの日程を教えて欲しいと言ってきた。いくらサプライズと言っても、こちらにも準備があるとね。それはその通りだ。だから僕は今日の日程を伝え、朝からリリを迎えに行くから、彼女には秘密にしておいて欲しいって頼んだってわけ」

「……」

「ルークは快く頷いて、君のご両親にまで伝えてくれたよ。だから今日、君が外出することは、君以外は皆が知っていた。そわそわしている君を見て、デートに誘われるのを楽しみにしていると思って黙っててくれていたんだよ」

「私、ものすごく格好悪いですね……完全に道化です」

皆に秘密にして、何とか隙を見て外に出ようと思っていたのに、すでに全員に外出を知られていたとか格好悪すぎる。

「アル……どうして、私がしようとすることが分かっていて、止めなかったんですか？」

「ん？　リリは止めて欲しかったの？」

「いいえ。でも、褒められた行いじゃないってことくらいは分かっていますから」

人のデートを監視しようというのだ。

友人を守りたいという気持ちがあったところで、やっていいことではないことくらいは分かっている。

私の疑問にアルは困ったように眉を寄せた。

「どうしようかなとは思ったよ。でもね、きっと君は止まらないだろうなと分かってたし、それなら僕もついて行ったら済む話じゃないかなって考え直したんだ」

「は？」

——ついて行く？

どういうことかとアルを凝視する。彼は「うん？」と首を傾げた。

「何かおかしい？　元々ね、ウィルについてはどうにかしないとなって思っていたんだ。あいつは最近、ちょっとやりすぎだ。貴族たちの間でも噂《うわさ》になり始めてきているし、父上の耳にも入っている。そろそろ止めないと、本格的に王族から追放されてしまうってところまで来ているんだよ」

「そ、そうなんですか……」

事態は私が思っているより、よほど深刻だったようだ。何も言葉を返せないでいると、アルは大きな溜息を吐いた。

「前はもう少し、色々と隠せる奴だったんだけどね。カーライル嬢と関わるようになってからあいつのポンコツ化は日に日に拍車がかかっているよ。全然周囲に隠せていない。これはまずいなと考えていたところに、君の行動だ。ちょうどいいから、僕もついて行って、あいつの行動を見張っておこうかなって思ったってわけ。今のあいつはちょっと信用できないしね。これ以上何かやらかされてはたまらないんだよ」

渡りに船だね、と笑うアルだったが、私としては笑えない。

何とも言えずアルを見上げると、彼は片手を放し、私の頭をそっと撫《な》でた。

「そういうわけだから、今日のデートは遠乗りだよ。まあ、あいつに見つかったら『僕たちもデート中、偶然だね』くらい言ってやればいいんじゃないかな」

「そんな簡単でいいんですか？」

「簡単なくらいの方が、疑われないよ」

それはそうかもしれないが、本当にそれでいいのだろうか。

どう返事をすればいいのか迷っていると、アルが、少し語気を強めて言った。

「でもね、リリ。反省はして欲しい。今回、ルークが気づいて僕に連絡してくれたからよかったけど、そうでなければ君は今頃、護衛もなく、公爵家の誰にも言わずに一人で出てきていたってことなんだからね」

「そ、それは……」

「君は僕の婚約者だってことをちゃんと自覚して欲しい。以前、破落戸に襲われかけたこと、君も忘れてはいないでしょう？」

「……はい」

それを持ち出されると弱かった。

「君は、皆に気づかれないように戻ってくるつもりだったんだろうけど、そう上手くはいかないよ。きっと誰かが気づいて、大騒動になる。君はクロエを助けたかっただけかもしれないけれど、それだけでは済まなくなるんだ」

「……申し訳ありませんでした」

アルの言う通りだった。

自分の考えなしの行動が恥ずかしく、私はただ、俯《うつむ》くしかできなかった。

孤児院へ行くと言っておけば何とかなるなんて、普通に考えてもあり得ない。そんな書き置きを残せば、心配したルークか使用人の誰かが、孤児院まで迎えに来ただろう。そうして、私がいないことが発覚し、それこそアルの言った通り大騒動となったに違いない。

どうしてそんな簡単なことに気づけなかったのか。少し考えれば分かったことだったのに。

「私、皆に多大な迷惑を掛けるところだったんですね……」

本当にクロエを助けたい、だけで済む話ではなかった。

こうしてアルが、皆に予め《あらかじ》『デート』だと言ってくれていたから、何も問題が起きていないだけ。

私は第一王子の婚約者で公爵家の令嬢。

その令嬢がいなくなれば、騒動になるのは当然なのだ。

自分の愚かさに泣きたくなっていると、それを察したのか、アルがまた頭を撫でてきた。

「反省はしてくれたようだし、もういいよ。実際は何も起こらなかったわけだしね。ただ、今度からは絶対にまず僕に相談して。どんな些細《ささい》な問題でも。分かった？」

「はい」

「君はか弱い女性なんだ。そして僕の大切な人でもある。だから無茶はして欲しくない。分かってくれるね？」

「……はい」

首を縦に振る。私が本心から反省したのが伝わったのか、アルがホッとしたように息を吐いた。

「本当に、僕の婚約者は意外と行動力があって吃驚《びっくり》させてくれるんだから。……うん。じゃ、この話はここまでにしよう。で、これからなんだけど」

「これから、ですか？」

キョトンとアルを見つめる。彼は悪い笑みを浮かべていた。

「僕たちは、デートに行くってさっき言わなかった？　目的地はウィルたちの遠出と同じ場所。偶然って怖いよね？　やっぱり双子だから行きたい場所も被るのかな？」

「アル……」

目を瞬かせると、彼は、今度はウィンクをした。

「昼食にぴったりの場所があるんだ。そこで、僕たちも一息入れない？　僕たちは恋人同士なんだから、少し人気《ひとけ》のない場所でも構わないよね。そのあと、ウィルたちが来るかもしれないし、隠れた場所にいる僕たちには気づかないかもしれないけど、それは仕方のないことだと思うんだよ」

隠れて様子を窺おうと遠回しに提案されたことに気づき、私は申し訳なさとありがたさでへにゃっと眉を下げた。

アルがウィルフレッド王子のことを心配しているのは本当だろう。だけど彼がここまでしてくれるのは、間違いなく私のためだということが分かったからだ。

「アル……ありがとうございます」

「どうしてお礼なんて言うのかな。僕は君とデートがしたいだけ。そしてその場所が偶然弟と同じってだけなのに。ほんっと、双子なんて碌なものじゃないよね。デートの場所が被るとか、勘弁して欲しいよ。もちろん、だからと言って譲るつもりはないんだけど」

わざとらしい言い方に、私は素直に「はい」と頷いた。

礼を言っても受け取ってもらえない。それに気づいたからだ。

アルが手綱を両手で持ち、気合いの入った顔をする。

「よし、じゃあ少しだけスピードを上げるよ。リリ、僕にしっかり捕まって。休憩場所には、僕たちが一番乗りでないといけないからね」

「はい」

アルにギュッとしがみつく。恥ずかしいという気持ちはあったけれど、それで遠慮して馬から振り落とされでもしたら目も当てられない。しっかりと抱きついた私を見て、アルが「ねえ」と話しかけてくる。

「今日は今日としてさ、今度別の日に、改めてデートに行かない？　王都に美味しいカフェが先日オープンしたらしいんだよ。是非、君と行きたいなって思ってるんだけど」

思いも寄らないお誘いが嬉しくて、みるみるうちに頬が赤く染まる。

アルと一緒にカフェ。そういえば、最初のデートの時、行こうと言って、結局行けなかったことを思い出した。行く前にノエルを見つけたからだ。そのことを後悔してはいないけれど、機会があるのならまた出掛けたいなと思っていた。

「あ、あの……はい、行きたいです……」

アルと一緒に。

そう答えると、アルは満足そうに頷き、「じゃ、そのためにもさっさと面倒なことは片付けてしまおうか」と言って、馬を走らせた。

その真剣な顔がとても格好良くて、終始見惚れてしまったことは私だけの秘密にしておきたい。

◇◇◇

アルと私がやってきたのは、王都から少し離れた場所にある森だった。

森といっても、人の手が入っているので道幅があり、馬でも走りやすい。森の中には開けた場所があって、川が流れている。川幅は二メートルくらいで、流れは穏やかだ。すぐ裏手は低いが山になっているので、そこから流れてきているのだろう。

この森が遠出の目的地だとはクロエから聞いていたが、休憩場所までは知らなかった。入り口辺りで隠れていれば何とかなるだろうと思っていた自分の浅はかさが、改めて浮き彫りになったようで恥ずかしい。

アルがいなければ、どう考えても後をつけるなど無理な話だったのだ。

「アル、アルはどうして、ウィルフレッド殿下がここを休憩場所にすると分かったのですか？」

馬の世話をし、木立の陰に隠すように繋《つな》いでいたアルが、なんだかとても嫌そうに言った。

「ああ、簡単だよ。ウィルはね、聞いて欲しがりなんだ。さっきも言ったでしょう？　僕が何も言わなくても、次のデートはどこに行くだとか、どこで休憩するつもりだとか、色々教えてくれるんだよね……ほんっとうに、仕事の邪魔で鬱陶しいんだけど、今回ばかりは役に立ったかな」

「そ、そうですか……」

そのおかげで、今ここにいるわけだから、何とも答えようがない。

微妙な顔になっていると、アルは私を手招きした。ちょうど草むらの陰になっている場所。アルがしゃがみ込んだその場所に、私も倣《なら》う。

「多分、ここにいればウィルたちが何をしているのか様子を窺うことはできると思う。待つのは辛いかもしれないけど、我慢してね」

「大丈夫です」

それくらいは承知の上だ。

真剣な顔で頷くと、アルも短く首肯した。

かなり待つことも覚悟していたが、幸いなことに程なくして、ウィルフレッド王子とクロエがやってきた。

ウィルフレッド王子の格好はアルとよく似た乗馬服だったが、クロエは、ヒラヒラしたモスリンのワンピースを着ていた。おそらくウィルフレッド王子との遠出のために、父親が作らせたのだろう。最新の流行を意識したワンピースは可愛らしくクロエによく似合っていたが、彼女の表情が冴《さ》えないせいで、魅力は半減していた。

「……意外と早かったな。早めに出てきて正解だったね、リリ」

「そうですね」

小声でひそひそと話す。

アルの見立ては正しく、ウィルフレッド王子とクロエは、私たちが隠れたすぐ近くに敷布を広げて、休憩を取った。近くといってもさすがに会話までは聞こえないが、ウィルフレッド王子は終始笑顔で楽しそうだ。それに対してクロエは、遠慮がちな笑みを浮かべている。

とはいえ嫌悪が浮かんでいないところを見ると、そう強引な真似をしているわけでもないのかもしれない。

話しているのは主にウィルフレッド王子のようだ。クロエは時折相槌を打ち、よそ行きの笑顔で頷いている。私と話すときとは全く違うクロエの様子に、彼女が無理をしているのだなと感じ、胸が痛くなった。

「……リリ。今は耐えて」

「……分かっています」

小声で窘《たしな》められ、頷いた。

別にウィルフレッド王子はクロエに無体を働いたわけではない。見ている限り、二人は適度な距離を保ちつつ、会話をしているだけだ。それなら傍観に徹するべきだろう。

時折、クロエの引き攣《つ》ったような表情が見え、何を言われているのか気になったが、二人は何とか予定通りの行動を終えたようだ。昼食を片付け、立ち上がると、ウィルフレッド王子の馬に乗る。

その方向が、王都であることを確認し、アルに聞いた。

「あとは、帰るだけ、ですか？」

「その予定だよ。最初からあまり遅くなると父伯爵の印象が悪くなるんじゃないかって釘を刺しておいたんだ。さすがにそれは神妙に聞いていたから、屋敷まで送って終わりだと思う」

「そう……ですか。良かった」

さすがはアル。彼なりに色々と手を打ってくれていたのだと知り、感激した。

「僕らも行こうか。カーライル伯爵邸にね。カーライル嬢が屋敷の中に入れば僕たちの任務は完了ってわけだ」

「はい」

二人が立ち去ったことを確認し、アルが立ち上がる。私も同じように立ち上がったのだが、足が痺《しび》れていたのかバランスを崩してしまった。

「あっ……」

「おっと、危ない」

アルが慌てて、私の身体《からだ》を引き寄せてくれる。おかげで転ぶことはなかったが、アルの胸の中に思いきり飛び込んでしまった。

「す、すみませんっ！」

慌てて離れようとしたが、アルは何故か私をより抱き込んだ。ギュッと抱き締められ、頬に朱が差す。

「ア、アル？」

「ごめん、でもちょっとだけ」

アルが私の髪に顔を埋め、大きく深呼吸をする。アルに抱き締められるのは初めてではないのに、ドキドキして仕方なかった。

アルが私を抱き締めたまま顔を上げる。

「せっかく君と二人きりだっていうのに、全然イチャつけなかったからね。僕も大概ストレスが溜《た》まっているんだよ」

「ス、ストレス、ですか？」

「そう。君が近くにいるのに触れられないって、結構キツいんだ」

真顔で肯定され、私はどう答えていいのやら困ってしまった。アルがやけに真剣な声音で言う。

「だって好きな子が側にいるんだよ？　しかもその子は自分の恋人で婚約者。触れたいって思うのが当然だよね」

「そ、そうですか……」

直接的な言動に恥ずかしいやら嬉しいやらで大変だ。

まともに返事ができない理由を勘違いしたアルが私に言った。

「あれ、分からない？　じゃあ、君は僕に触れたいって思ってはくれないのかな？」

「えっ……」

「僕は君に触れたいのと同時に、君にも触れられたいって思ってるよ？　それが好きってことだと僕は考えるんだけど、君はそう思ってはくれない？」

「……」

頬が、これ以上ないと思うほど熱かった。

真っ赤になった私を見て、アルが満足そうな顔をする。

「そっか、リリも僕に触れたいって思ってくれているんだね、良かった」

「えっ」

どうしてそんな答えになるのかとアルを見ると、彼はこてっと首を傾げた。

「ん？　違うの？」

「さ、触りたくないとは言いませんけど……」

「だよね」

にっこりと笑うアルを見た後で、否定などできるわけがない。それに、ほんの少しだけだけれども、彼の言うことも分かるのだ。

アルに抱き締められると溶けてしまいそうなほど幸せだし、優しく甘い口づけも心が愛《いと》おしさでいっぱいになってしまう。

そして好きな気持ちが溜まり溜まって、彼の言う通り、もっと彼の側に行きたい、もっと触れて欲しいし触れたいと願ってしまうのだ。

「リリは僕のことが好きなんだから当然だよ」

「はい」

「そして僕もリリのことが好きで好きでたまらないんだから、触りたいって思っても仕方ないよね。リリも分かってくれるよね？」

「え？　は、はい、そうですね」

「良かった」

心底ホッとしたように笑い、アルは私の手を握った。

「とりあえず、僕としてはリリ成分が足りないと思うから、馬を待たせているところまで手を繋いでいきたいと思うんだ。あと、馬に乗ってからは、リリはできるだけ僕にくっついていること。分かった？」

「く、くっついてって……」

行きも大概くっついていた気がするのだが、アルはそれでは足りないようだった。

「リリ成分の補充って言ったでしょう？　もちろんリリも存分に僕を補充してくれていいからね」

「だ、大丈夫です。足りていますから」

むしろ供給過多状態だ。真っ赤になって首をぶんぶんと横に振ると、アルは「なんだ残念」と本気で残念そうな顔をした。

◇◇◇

行きと同じようにアルの馬に乗り、クロエの屋敷へ向かう。アルが近道を使ってくれたおかげで、クロエたちより先に目的地に着くことができた。さすがに敷地内に入ることはできないので、上手く隠れつつ、様子を窺う。

アルがしみじみと言った。

「……何かこうしていると、悪いことをしているみたいに思えてくるね」

「それを言うなら、今日はずっとそうですよ。……気にしては負けです」

「確かに」

納得しつつ、アルは私の手を握った。

「ア、アル？」

「せっかくだから手を繋いでおこうよ。僕、まだリリ成分を半分くらいしか補充できていないと思うんだよね。足りないんだ」

「だからそのリリ成分ってなんなんですか……それに、もう十分補充したと思います」

そう言いつつも、アルの手を握り返す。こんな時ではあるが、やっぱりドキドキした。馬に乗っていた時も、ずっと彼にくっついていたから、心臓の音がうるさくてしょうがなかったのだ。降りた今もまだ、その後遺症が残っている。

アルが私の手をギュッギュッと何度も握り、嬉しそうに言う。

「全然足りないよ。リリから離れると、すぐにマイナスになってしまうんだ。これはもう、リリにはずっと側にいてもらわないといけないなって思うんだけど」

どう思う？　と甘い声音で囁《ささや》かれ、頭の天辺《てっぺん》から湯気が噴き出るかと思った。

アルが甘すぎてついて行けない。嬉しいけれど、私には刺激が強すぎる。

「ア、アル……も、もうそのくらいで勘弁して下さい」

ぷるぷると震えながら訴えると、アルは苦笑した。

「ごめんね。君と本当の意味での二人っきりって、めったにないものだからつい」

屋敷や城で会う時は、大概使用人が同席しているか、扉を少し開けているかなので、二人きりという感覚はあまりない。だからアルの言う意味も分かるのだが、恥ずかしいものはどうしたって恥ずかしいのだ。嫌だとは思わないけれども。

「あ……帰ってきたようだよ」

「え……？」

アルにどう答えようか考えていると、アルが私の手を引いた。彼の目線を追うと、確かにクロエとウィルフレッド王子が帰ってきている。

彼らは馬から降り、別れの挨拶を交わしているところだった。

隠れているところから近いので、何を言っているのか十分聞き取れる。

それはつまり、こちらの声も届くということで。

すぐにそれを察した私はアルの目線に頷くことで答えた。クロエたちに注視する。

「――今日は楽しかったです。クロエ、オペラはお好きですか？　先日、チケットを二枚手に入れましたので、よろしければ是非」

ちょうど今は、ウィルフレッド王子がクロエに別れの挨拶をしているところだった。

いつのまに呼び捨てで呼ぶようになっていたのだろう。次のデートの誘いをしている。

クロエは困ったように俯いて自らのドレスを握りしめていたが、やがて決意を固めた声でウィルフレッド王子に言った。

「その！　殿下のお誘いはとても光栄なことと分かってはおりますが、お誘いはこれっきりにして下さい！　オペラも、行きたいとは思いません！」

「っ!?」

拒絶の言葉にギョッとする。王族に対し、はっきりと拒否を告げたクロエは、やってしまったという顔をしつつも、どこかすっきりとしていた。

「結婚を前提にという話も父から聞いておりますが、それもできればお断りしたいと思っています。私では、殿下のお相手はつとまりません。殿下にはもっと相応しい方がいらっしゃいます」

「……クロエ」

流されず、自分の意志を告げたクロエが眩しく見えた。つい、アルと繋いだ手に力を込めると、彼は手を握り返してくれた。

「彼女は自分の意見を言える子なんだね」

「はい……。自慢の友人です」

「うん。ウィルの奴、見る目はあったってことなのかな」

アルの声も優しかった。王族に逆らったことを咎めるのではなく、自分の意志を伝えたクロエを褒めるような声音だ。

「あいつもこれで目を覚ましてくれるといいんだけど」

それに心から同意する。さてウィルフレッド王子はどう答えるのだろうと思っていると、彼はわなわなと震え、顔を真っ赤にしていた。

「――ねーよ」

「え？」

何を言ったのか聞き取れなかったのだろう。クロエが聞き返すと、ウィルフレッド王子は怒りの目を彼女に向けた。

「そんな台詞《せりふ》はゲームにはないって言ってるんだよ！　今のオレの台詞に対するあんたの返しは『はい』の一択だろう？　つーか、このデートに選択肢なんてねーんだよ！　これはただの好感度上げイベなんだからな‼」

「で、殿下……」

怒鳴り声を上げられたクロエが後ずさる。そんな彼女にウィルフレッド王子は詰め寄った。

「なあ？　なんでそんな台詞言うわけ？　ちゃんとゲーム通りにやってくれよ。兄上や悪役令嬢が原作と全く違うことになっているまでは許せても、オレ、さすがにこれは許せねーわ。あんたはオレのルートに入ってるんだから、余計なことはしないで欲しいんだよ」

「な……何のお話ですか？　わ、私、殿下のおっしゃる意味が分かりません……」

「分からなくていいよ。ただ、あんたはオレの言葉に『はい』って頷けば済むだけって話。簡単だろ」

吐き捨てるように言い、ウィルフレッド王子はクロエを睨《にら》んだ。

「ほら、言えよ。それでイベントは終わるんだからさ」

「……言えません」

「あ？　聞こえなかったのか？　言えって第二王子のオレが言ってるんだよ」

威圧するウィルフレッド王子に、クロエはそれでも首を横に振った。目は潤んでいるし、肩も微《かす》かに震えている。今にも泣いてしまいそうだ。その様子があまりにも痛々しく見え、耐えきれなくなった私はアルの手を放し、飛び出した。

「クロエ！」

「え？　リリ!?」

突然、屋敷の陰から飛び出してきた私を見て、クロエが目を丸くする。ウィルフレッド王子もギョッとした顔をした。

「リズ・ベルトラン？　なんでこんなところに？」

私はクロエの前に立ち塞がった。友人をこれ以上傷つけさせはしないという思いでいっぱいだったのだ。

「私は——」

ウィルフレッド王子にどう言い訳をしよう。少し悩みつつも口を開こうとしたが、私と同じように姿を見せたアルが言った。

「僕たちもちょうどデートの帰りだったんだよ。偶然、通りがかってね、お前たちの姿を見かけたから声を掛けようって思ったってわけ」

「兄上まで？　一体どうなってんだ！」

クロエを庇《かば》う私を睨もうとしていたウィルフレッド王子がアルを見て、愕然《がくぜん》とする。まさかアルまで現れるとは思わなかったのだろう。こちらにやってきたアルがにこやかに、だけども絶対零度の視線をウィルフレッド王子に向ける。

「ウィル、一部始終を聞かせてもらったよ。とても好ましいと思っている女性に言う台詞ではなかったね。僕は何度もお前に忠告したはずだよ。無理強いはするなって。それが『はいと言え』だって？　僕の弟はついに落ちるところまで落ちてしまったようだね」

「……だって」

「立場上カーライル嬢はお前の命令を断れない。それを知っていて先ほどの言葉を言ったのだとしたら、本当にお前は最低だよ。ガッカリだ」

「……」

厳しくアルに窘められ、ついにウィルフレッド王子は黙り込んでしまった。アルは、今度はクロエに視線を向ける。

「悪かったね。僕の弟が失礼なことを言って。許してくれとは言えないけれど、でも、許してくれると嬉しい」

「わ、私……」

「この際だから、弟に言いたいことがあるのなら言ってくれていいよ。侮辱罪《ぶじょく》なんて言ったりしないから」

さあどうぞと、アルがクロエを促す。

クロエは少し悩んだ様子ではあったが、やがて覚悟を決めたのか、ぐっと奥歯を噛みしめ、顔を上げた。そうして私の前に立ち、自らウィルフレッド王子に向かう。

「一つだけ言わせて下さい。……私はずっと思っていました。ウィルフレッド殿下、あなたは誰を見ているのかと。私は私です。それ以外の何者にもなれません。だけどあなたは一度だって私を見てくれなかった。好意は感じられても、それは私に向けられたものだとは思えなくて、だから私はいつだってあなたと相対するのが苦痛でしかありませんでした。殿下、あなたの思う私の姿を、私に押しつけないで下さい。私はあなたが見ている『クロエ・カーライル』ではないということを分かって下さい。私は……あなたの思いには応えられません」

「……クロエ」

はっきりと言い切ったクロエはとても格好良かった。

アルは満足そうに頷き、ウィルフレッド王子に目を向ける。

全員の視線を集めたウィルフレッド王子は呆然としていたが、注目されていることに気づくと動揺したように後ずさった。そして「……帰る」と呟き、あとは一度も振り返らず、馬に乗って行ってしまった。

「わ、私……言いすぎてしまったかしら」

ウィルフレッド王子の姿が完全に消えたと確認した次の瞬間、へなへなとクロエがその場にしゃがみ込んだ。咄嗟に彼女の腕を摑《つか》む。

「クロエ、大丈夫？」

「リリ……ありがとう。来てくれたのね」

「……友達だもの。当たり前じゃない」

一瞬、偶然だと言おうとしたが、どうせクロエにはバレているだろうなと気づき、変な言い訳はしないことにした。

私の言葉にクロエは涙ぐみながらも頷く。アルがそんな彼女を見ながら言った。

「改めて、僕の弟が申し訳なかったと言わせて欲しい。カーライル嬢。君は何も悪くないから気にしないでくれると嬉しいかな。先ほども言った通り、罰を与えるつもりはないし、ウィルが何か言い出したとしても僕が止めるから」

「アラン殿下……ありがとうございます」

「礼を言われるようなことは何もしていないよ。君の言葉は正しい。弟は昔から夢見がちなところがあるんだ。それが今回全部君に向かってしまった。本当に申し訳ないとしか言いようがないよ」

「そんな……殿下のせいではありません」

「分かっていて止められなかったのだから、僕も同罪だよ」

やるせなさそうに言い、アルは、今度は私に言った。

「リリ、さっき、友達を助けようと飛び出した君は勇敢だったよ。ちょっと後先考えない行動だなとは思ったけどね。友人のために一生懸命な君を見て、君を選んだのは間違いじゃなかったと思った」

「アル……」

「ウィルは全部を間違えているんだ。好きな人に好きになってもらうためにやらなくてはいけないことを、あいつは全然分かっていない。カーライル嬢が好きなら、ちゃんと彼女を見てあげないといけないのにね。誰だって、自分ではない誰かを見ている人を好きになったりはしないでしょう？　好きな人は他人に決められるものではない。自分で決めるんだ。僕が——リリを選んだようにね」

「——はい、私も同じです」

アルの言う通りだと思った。

好きになれと言われたって無理なものは無理なのだ。

ウィルフレッド王子はクロエをきちんと見なかった。それで手に入ると思うのが傲慢なのだ。

クロエが選んだのは、ヴィクター兄様。

ヴィクター兄様がクロエを選ぶかは分からないが、少なくともクロエはヴィクター兄様をきちんと知ろうとしているように思う。

「次にウィルフレッド殿下とお会いする機会があったら……私、今日のことを謝るわ」

「クロエ？」

よろめきながらも立ち上がったクロエを見つめる。彼女は小さく笑い、私に言った。

「ずっと思っていたことだし、言ったことを後悔はしていないの。でもね、キツく言いすぎたなとは思うから。それについては謝りたいと思っているわ」

「君が謝る必要は全くないと思うけどね」

アルの言葉に全面的に同意する。

コクコクと頷くと、クロエは笑った。私が知っている、いつも通りのクロエの笑顔だ。それに気づきホッとした。

アルがクロエに言う。

「挨拶もせずウィルが帰ったことを伯爵が変に思うかもしれないから、伯爵には僕が来て、ウィルを連れて帰ったとでも伝えてくれるかな。緊急の要件だったと。さすがにこれはフォローしておかないと……王家の問題になってくる」

「分かりました」

クロエが了承すると、アルは「それじゃあ僕たちは行くよ」と彼女に背を向けた。私も慌ててクロエに声を掛ける。

「クロエ、また今度話しましょう」

「ええ、リリ。今日は本当にありがとう」

「リリ、行くよ。屋敷まで送るから」

「はい」

馬を連れたアルが私を呼んでいる。それに返事をし、クロエと別れてから先ほどと同じようにアルと一緒に馬に乗り、公爵家へと帰った。

◇◇◇

リリを公爵家に送り届けた後、僕は一人、城へと戻ってきた。

馬を預け、近くにいた兵士にウィルがいる場所を聞く。

「ウィルフレッド殿下なら、お帰りになってからずっとお部屋にいらっしゃいますが」

「そう」

どうせそんなことだろうと思った。嘆息しつつも、ウィルの部屋へと向かう。

僕が今日、仕事を詰めて休みにしたのは、リリを一人で行かせないためだったが、結果として大正解だったと思う。

思っていたよりもずっと弟は愚かで、そして、救いようがなかった。

先ほどカーライル嬢に怒鳴り散らしたウィルを見た時には正直呆《あき》れすぎて、声も出なかった。

弟は逃げ出したが、僕がいなければもっと酷いことになっていただろうことは簡単に推測できる。

リリやカーライル嬢が必要以上に傷つかないで済んだのなら、僕が出て行った甲斐《かい》は十分にあったのではないだろうか。

「ウィル、僕だ。入ってもいいかな？」

弟の部屋の前に立ち、ノックをする。小さくではあるが、弟の返事をする声が聞こえたので、遠慮なく扉を開けて部屋に入った。

もうすぐ夕方になるという時間帯。カーテンの隙間から西日が差し込んでいる。

弟の部屋は玩具が多く、玉突き台や、カードゲーム用のテーブルがある。テーブルの上には片付けなかったカードが散らばり、弟の雑な性格が見えるようだった。

弟は暖炉の前の肘掛け椅子の上に蹲《うずくま》り、四角いクッションを抱きかかえていた。

――行儀が悪い。

ピクリと眉が動いたが、文句を言うのは堪《こら》える。僕は扉を閉め、ウィルの側まで歩いていった。

弟の目は僕を見ているが、空《うつ》ろで視線は合わない。

「ウィル」

「……兄上」

ノロノロと弟の顔が動き、ようやく視線が合う。

僕が口を開く前に弟が言った。

「……なんで、上手くいかないんだろうな」

「ウィル？」

「オレは何も間違ったことはしていないはずなんだ。なのに何故かやることなすことが全部空回る。クロエの反応もオレの知っているものと違う。どうしてだ？　イベントをこなしたんだ。オレのルートに入ったはずだよな？　それなのにどうしてクロエはオレに笑いかけない？　どうしてオレの誘いを断ったりするんだ？」

ブツブツと言うウィルは、殆ど自分に問いかけているみたいなものだった。

僕は特大の溜息を吐き、近くの壁にもたれながら言った。

「だから、僕は何度も言ってやっただろう。彼女自身を見ろって。お前は勝手な枠にカーライル嬢を当てはめて、その通りに動かそうとしているだけだ。それで好きになってもらえると思う方がおこがましい。少なくとも僕ならお断りだね」

弟がゆっくりと目を瞬かせる。その目は少し潤んでいるように見えた。

「オレ、幸せになりたいだけなんだけどな。クロエを好きなのも嘘じゃない。だから……兄上に譲らなくていいのなら、オレが彼女に攻略してもらえばいいって、そう思っただけなのに……」

「それが間違いだって言うんだ。……ウィル、お前はいつまで現実を見ないまま生きるつもりなんだ。ここはゲームの世界なんかじゃない。現実だということをいつになったらお前は理解してくれるんだ」

「……現実」

ボソリとウィルが呟く。その声が、まるで迷子になって途方に暮れているように感じ、僕は少しだけ目を見張った。

初めて、僕の言葉が届いた。そんな気がしたのだ。

「……そうとも現実だ。僕もお前も、今ここに、生きているんだ。これが現実でなくてなんなんだ」

「……」

「もちろんカーライル嬢もだ。彼女は求められた動きをする人形ではなく、生きた、意志を持つ人間だということをいい加減お前も理解しろ」

「……」

ウィルが黙り込む。視線を自らの膝に落としてじっとしていたが、弟はやがて力なく口を開いた。

「……クロエに、『私を見ていない』って言われてから、ずっとその言葉が頭の中をグルグルと回ってるんだ。意味を考えてしまう。そして考え出すと止まらないんだ」

「……そうか」

少しではあるが、ウィルの目は考える人の目をしていた。

「兄上、オレ、少し考えたい。悪いんだけど、出て行ってくれるかな」

「分かったよ」

ウィルの言葉に頷き、部屋を出る。

それから一週間ほど、弟は自らの部屋に引き籠もり、一歩も外に出なかった。

第七章　ノエル

クロエの波瀾万丈《はらんばんじょう》なデートが終わって、一週間が過ぎた。

クロエに聞いたが、あの出来事以降、ウィルフレッド王子からの連絡はないようだ。

アルの手紙にはウィルフレッド王子が部屋に閉じこもっているとあり、それを聞いたクロエは「やはり言いすぎたのかも」と気にしていた。

謝りたいと言う彼女だったが、ウィルフレッド王子は部屋から出てこないし、しばらく待って、彼が落ち着いてからの方が話せるのではないかと宥めた。クロエはそれに納得し、今はウィルフレッド王子のことを気に掛けつつも、普段通りの生活を送っている。

私はといえば、なんと、城で三度目の召喚を試すことになった。

精霊の嫌いなものがあって、どうやらそれが召喚できない原因らしいという、クロエの精霊から聞いた話をアルに告げたところ、「やっぱり。それなら、場所を変えてみるのはどうだろう。まずは城でというのはどうかな？」と言われたのだ。

アルも、私が召喚できない理由は、精霊が苦手なものが近くにあるからではないかと考えてくれていた。その推測が当たっていたと、さすがアルだと思いつつも、私は彼の提案に頷いた。

もしかしたら、私の屋敷の召喚場が精霊のお気に召さないのかもしれない。

わざわざ迎えに来てくれたアルと一緒に城の廊下を歩く。私は両手でノエルを抱えていた。

最近、ノエルは私と離れることを酷く嫌がるようになっていて、今日も出て行く時に連れて行けとずっと鳴いていたのだ。

アルが構わないと言ってくれたから連れてきたものの、ノエルは落ち着かない様子で、ずっと私にしがみついていた。

柔らかな肉球がとても気持ち良かったが、これなら屋敷に置いてきた方がよかったかもしれない。

城にある召喚用の部屋は別棟らしく、少し距離がある。アルの案内で目的地に向かっていると、廊下の向こう側からウィルフレッド王子が歩いてきた。

「あ、ウィルフレッド殿下……」

思わず名前を呼ぶと、アルも驚いたような声を出した。

「あいつ、やっと出てきたんだ」

ウィルフレッド王子も私たちに気づいたのか立ち止まる。そうして気を取り直したようにすぐにこちらにやってきた。もしかして逃げられたり、避けられたりするかもと思っていたがそういうことはないようだ。

ウィルフレッド王子は私たちのすぐ近くまで来ると何故か立ち止まり、「ん？」と首を傾げた。

彼の視線は私が抱えているノエルにある。

何かノエルに問題でもあるのだろうかと思っていると、彼は驚愕の表情になり、私の前までやってきた。

「お、おい……そいつ……！」

そうしてノエルを指さす。アルが不快そうにウィルフレッド王子に注意した。

「ウィル、ようやく引き籠もりが終わったかと思えば第一声がそれってどういうことだい？　まずは挨拶とか、他にも色々あるだろう」

「兄上は黙っててくれよ！　ちょ……マジで？　そいつ、どこから見つけてきたんだ⁉」

「どこって……」

ウィルフレッド王子の様子がおかしい。何だろうとアルと顔を見合わせる。

私はノエルを拾った時のことを思い出しながら口を開いた。

「ええと、確か町の……路地にいたのを拾ったのですけど。この子がどうかしましたか？」

「路地で⁉　マジかよ……」

「？　はい」

質問の意図が分からないと思いつつも頷く。

ウィルフレッド王子はわなわなと身体を震わせると、信じられないものを見たような顔で言った。

「なあ？　聞きたいんだけどさ。なんで、隠しキャラの大魔法使いノエルが、悪役令嬢に飼われてんだ？　これ、悪役令嬢が主役のゲームだっけ？」

「え？」

「は？」

私とアルがほぼ同時に、ウィルフレッド王子の言葉に疑問を返す。

だってウィルフレッド王子の言った言葉の意味が分からない。

今、彼は何と言ったのだろうか。

隠しキャラの大魔法使いノエル、そう聞こえたのだけれど。

思わず抱えているノエルを見つめる。ノエルは気にした様子もなく、大きな欠伸《あくび》をしていた。

アルが慌てたように、ウィルフレッド王子を問い詰める。

「ウィル、今何と言った。僕には、その猫が大魔法使いノエルだという風に聞こえたのだけれど」

ウィルフレッド王子はキョトンとした顔で答えた。

「だからそう言ったんだって。その猫は精霊王の怒りを買った大魔法使いノエルが呪われた姿。つーかさ、ノエルルートって、全クリしないと存在すら出てこないんだけど。なんで見つけることができたんだ？　それも悪役令嬢がさ」

首を傾げられたが、私の方が信じられない。

この今私の腕の中にいるノエルが、あの有名な大魔法使いノエルだなんて、普通にあり得ないと思うのだ。

「ノ、ノエルは私の可愛い猫で……そんな、大魔法使いノエルとは別物です……！」

「何、あんた、ノエルにノエルって名前付けてんの？　なんだそれ。お笑いだな」

ケタケタと笑うウィルフレッド王子を唖然《あぜん》と見つめていると、アルがこめかみを押さえながら言った。

「ウィル。詳しい話を聞かせろ。……この空き部屋を使うから中に入れ。リリ、リリもこっちにおいで」

「は、はい……」

すぐ近くにあった部屋の中を確認し、アルが私とウィルフレッド王子を手招きする。ウィルフレッド王子は若干面倒そうな顔をしていたが、アルの表情を見て逃げられないと悟ったのか、諦めたように中に入っていった。

アルが空き部屋だと言った部屋は客室のようで、大理石でできた大きな暖炉と、それを囲むように一人掛けの茶色いソファが二脚、そしてロングソファが置いてあった。その下には赤を基調にした絨毯《じゅうたん》が敷かれ、暖炉の両横には灯《あか》りが灯《とも》されている。ソファの後ろにあるチェストの上には生花が飾られており、この部屋がいつでも使用可能であることを示していた。

全員が部屋に入ったことを確認し、アルが扉に鍵を掛ける。そうしてソファに座ることすらせず、話し始めた。

「ウィル、先ほどの話を。リリの猫のノエルが、大魔法使いノエルだということだけれど……お前の言ったことは本当か？」

「オレが嘘を吐いて、一体何の得があるっていうんだよ。そうさ、そのぶっさいくな猫は大魔法使いノエル。全員のエンディングを見た後の隠しルートでしか出てこないはずなんだけど、何故かここにいるってわけ」

「大魔法使いノエル……」

俄《にわか》には信じがたい話に、私はただ呆然と抱きかかえたノエルを見つめた。アルがウィルフレッド王子を問い詰める。

「証拠は？」

「証拠って言われてもなあ。オレも隠しルートは一回しかクリアしてないからあんまり覚えていないんだよ。んー、ノエルは確か、かなりの魔法オタクで、精霊を山ほど犠牲にして魔法の研究をしていたんだよな。それを知った精霊王が激怒して、誰も見向きしない不細工な猫になる呪いをかけた。精霊は皆ノエルが嫌いでさ、ノエルルートでは、ノエルを拾ったヒロインのクロエが精霊と契約できなくて困るってところから話が始まるんだ」

「……え」

掠《かす》れたような声が出た。隣のアルを見ると、彼も驚きに大きく目を見張っている。

「ウィル、今お前は、『精霊と契約できなくて困る』と言ったね？」

「ん？　ああ、ノエルと一緒にいる人間と誰が契約したいかって話なんだけど……って、もしかして、リズ・ベルトラン、精霊契約できなかったりする？　マジで？」

好奇心に満ちた目で見つめられ、私は素直に頷いた。

この際、ゲームがどうとかいう話は置いておく。私にとって重要なのは、彼が何も言っていないのに、私が精霊と契約できなかった事実に気づいたというところなのだから。

「……そうです。その……これまでに二度契約を試しましたが失敗しました」

「ああ、そりゃ失敗するに決まってる。ノエルの気配を感じた精霊が出てくるはずがないからな」

あっさりと私が精霊契約できなかった原因を告げられ、言葉を失った。

アルが確認するようにウィルフレッド王子に問いかける。

「ウィル、お前の話だと、ノエルがいる限りリリは精霊と契約できないということになるな？」

「ん？　ああ、そうだな」

「どうすれば、契約できるようになる？」

アルも半信半疑なのだろう。だがここまで具体的に話されると、藁《わら》にでも縋りたい気持ちの私たちとしては無視することもできない。

もし、もしもだけれどもウィルフレッド王子の言っていることが本当なら、私はこのままずっと精霊契約ができないままだったりするのだろうか。それともノエルを手放せば、契約できるようになる？

いや、ノエルが原因だと決まったわけではない。そしてノエルが大魔法使いノエル本人だと決まったわけでもない。ノエルは私の可愛い飼い猫。それ以上でもそれ以下でもないのだ。

複雑な気持ちを抱えながらもウィルフレッド王子を見つめる。ウィルフレッド王子はどうしてそんなことを聞かれるのか分からないという顔をしながら私たちに言った。

「どうすればって……ノエルがいなければいいんだよ。だからそうだな……召喚場にノエルを連れて行かず、ノエルの匂いのついていない服と、念のため風呂にでも入ってから召喚を行えばいいんじゃね？　あー、あと、召喚の場所も変えた方がいいかもな。匂いさえ消えていれば、精霊は普通にやってくるから、問題なく契約できると思うぜ」

「……そんな簡単なことで?」

返された言葉に愕然としていると、アルが私に言った。

「リリ、せっかくだから試してみよう。ちょうど今から召喚の儀式をするところだったわけだし、ウィルが言ったことがたとえ嘘だとしても僕らにはなんのデメリットもない。やってみる価値はあると思う」

「だーかーらー、オレは嘘なんて吐いてないって!」

ぶすっと膨れながらウィルフレッド王子が文句を言ったが、アルはそれをさくっと無視した。

「リリ、女官を呼ぶから、お風呂に入っておいで。着替えもこちらで用意する。その後、予定通り精霊召喚をやってみよう。城の召喚場なら、ノエルも入ったことはないし匂いもないはず。ウィルの言う条件はクリアしているはずだ」

「……はい」

「ウィル、ノエルを預かっておいてくれ」

「ちょ、ちょっと! 兄上!」

ひょいと私からノエルを取り上げ、ウィルフレッド王子に預ける。反射的に受け取ったウィルフレッド王子は「げえっ!」と嫌そうな顔をした。

「女ったらしのノエルの面倒なんて見たくないっての! って、いてえ!」

嫌だと思ったのはウィルフレッド王子だけではなかったようだ。ノエルは思いきりがぶりとウィルフレッド王子の腕に噛み付いた。予想しなかった痛みに、ウィルフレッド王子が顔を歪める。

アルはさっくりとウィルフレッド王子を無視し、私に向かってにっこりと笑った。

「リリ、さ、行こう」

「兄上！」

「うるさい。すぐに戻ってくるからお前はしばらくこの部屋で待っていろ」

「……めちゃくちゃ弟使いが荒いんだけど」

「こっちは今まで散々、迷惑を掛けられてきたんだ。これくらい構わないよね？」

アルに笑みを向けられたウィルフレッド王子が口元を引き攣らせる。そうしてコクコクと高速で頷いた。

「わ、分かった……」

「うん。物わかりのいい弟を持って、僕は幸せだよ」

そして私を促し、部屋の外へ出る。部屋の中から「兄上があの顔をした時は、絶対に逆らえないんだ……」という恐怖に満ちた声が聞こえたが、聞こえなかったことにした。

◇◇◇

結果を言えば、ウィルフレッド王子の話は本当だった。

城の浴室を使わせてもらい、新しいドレスに着替えた私は、別棟にある召喚場で精霊契約を行った。

見ているのはアルだけ。たった二人だけでの精霊召喚だったが、私の呼びかけに、すぐに精霊は応じてくれた。嘘みたいに簡単だった。

『その呼びかけに応じよう』

現れたのは、全身真っ黒の闇の精霊。以前の精霊とは違い、男性体だった。黒い鎧《よろい》のようなものを身に纏《まと》っている。

「え、えと……」

彼は私を見ると、一つ頷いた。

『お前が我の契約者か。契約者よ、汝《なんじ》の名を告げよ』

「リ、リズ・ベルトランよ……」

『リズ・ベルトラン。我は、ノワールだ。闇の上級精霊。以後、汝の契約精霊として宜《よろ》しく頼む』

「……ええ、宜しく」

こんな感じで、実にあっさりと契約が終わってしまったのだ。

今までの苦労は何だったのかと言いたくなる呆気《あっけ》ない結末に、私は唖然としたままだったし、アルも驚きを隠せないでいた。

「……まさかこんな簡単に。ウィルの言ったことは本当だったのか？」

私も全くもって同感だった。

今まで、どんなに頑張っても精霊契約できなかったし、その原因もさっぱりだった。それが、ウィルフレッド王子の助言に従っただけで契約できたのだから、彼の言葉が真実だったとしか考えられない。

「でも私、ついに契約できたんですね」

驚きつつもこちらにやってきたアルに告げる。知らず涙が込み上げてきた。

ずっと感じていた心の重荷がなくなり、安堵のあまり倒れそうだ。

「良かった……」

喜びを噛みしめるように告げると、アルが嬉しげに私の両手を握った。

「おめでとう、リリ。ずっと苦しんでいた君が、ついに結果を出すことができて僕も嬉しいよ」

「アル、ありがとうございます」

嬉し涙が零れる。アルは、私が精霊契約できなくても構わないと言ってくれたが、私は、それはどうしても嫌だと、かなり思い詰めていた。

アルは次期国王に相応しい人だ。そんな人を私のせいで皆から奪うわけにはいかない。だから、何が何でも精霊契約を成功させなければならないと決意していたのだ。それが最高の形で叶《かな》い、私は心底安堵していた。

「アル、これでアルは王太子を降りるなんておっしゃいませんよね」

念のため、確認すると、アルはパチパチと目を瞬かせた。

「え？　もしかしてリリ、そのことを気にしてた？」

「当たり前です」

何を言っているのか。ムッとアルを睨むと、彼は困ったように口を開いた。

「別に僕はどっちでもよかったんだよ?」

「アル!」

「だって、僕にとって一番大事なのは、リリをお嫁さんにできるかどうかだし。お嫁さんにできるのなら王子のままでいいけれど、無理なら降りるしかないよね。その程度の問題だよ。前にも似たようなことは言ったよね」

それは聞いたが、許容できるかどうかは別問題だ。蒼白《そうはく》になりつつも、アルを見つめる。彼は柔らかな笑みを浮かべた。

「まあいいじゃないか。リリはこうして無事契約できたんだから。僕は王太子のままだし、『もし』の話は要らないよね」

「それは……そうですけど」

「ね? それが全てだよ」

アルが有無を言わさず私の言葉を封じる。上手く丸め込まれてしまったと思ったが、実際、彼が王太子を降りる話はなくなったのだ。起こらない可能性の話をしても意味はないと思い、渋々ではあるが頷いた。

アルが私の隣に浮いている契約精霊——ノワールに目を向ける。

「へえ、上級精霊だ。すごいね、リリ」

『お前は——ああ、言わなくても分かる。炎と風の上級精霊の加護を受けているな。——ローズブレイド王国の王太子か』

ふん、と匂いを嗅ぐように鼻を動かし、ノワールが言った。横柄な態度だったが、アルは気にせず「うん」と頷く。

「初めまして。ご推察の通り、僕はアラン。ローズブレイド王国の王太子、アラン・ローズブレイドだ。でも君には、君のご主人様の未来の夫だと言った方が分かりやすいかな？」

『夫だと？　主《あるじ》？』

ノワールがこちらに視線を向ける。真っ黒な瞳には、黒水晶が嵌《は》まっているかのようだ。その瞳に見据えられた私は、素直に返事をした。

「ええ……アルは、私の婚約者なの」

『――そうか。分かった。心に留めておこう』

「ところで、ノワールだったっけ？　君はどうしてリリの召喚に応じてくれたのかな？　リリの魔力なら、中級精霊くらいが妥当だと思ったんだけど。君、上級精霊の中でもかなり力が強いよね？」

「え？　そうなんですか？」

とにかく契約できればそれでいいと思っていたから、ノワールが『上級精霊』であるという事実を普通に聞き流していた。だけど確かに、アルが言う通り、私は魔力量はそこそこあるが、ものすごく優秀というわけではない。以前、アルの精霊に運が良ければ上級精霊と契約できるかもとは言われたが、中級精霊くらいが妥当だという判断は間違っていないと思った。

ノワールはアルと私を見て、一つ頷き、口を開いた。

『……以前、主は闇の中級精霊を呼び出したことがあっただろう。その時の精霊が、主と契約できなかったことを申し訳ないとずっと悔いている。今回も本来なら彼女が出てくる予定だったのだ。だが、こちらにも少々事情があり、我と代わったというところだ』

「代わった？　そんなことが可能なのか？」

『契約するかどうかは精霊側に一任されている。こちらで話がつけば問題ない』

アルの疑問に、ノワールは淡々と答える。感情が乏《とぼ》しいと言えばいいのだろうか。声に抑揚が殆どない。

――これが闇の上級精霊。

勇ましい鎧姿のノワールをじっと観察する。

私が契約した彼と、これからは二人三脚でやっていかなくてはならない。上手く付き合っていけるか、今の段階では分からないけれども、闇の上級精霊であるノワールの力がもしかしたらアルの役に立つかもしれないから、誠心誠意努力して仲良くなりたいと思った。

アルが、「まあ、リリをきちんと守ってくれるのならそれでいいんだけど」と無理やり納得するような言葉を紡ぐ。それにノワールは『当たり前だ』と即座に返していた。

アルが微かに笑い、ノワールに尋ねる。

「じゃあもう一つだけ。君がリリを守ってくれるつもりなのは分かった。その上で聞くけど、君たちの事情というのは、リリを危険にさらすようなことじゃないよね？」

『違う。主自身には全く関係のないことだ』

「その事情とやらを教えるつもりは？」

『……今言う必要性を感じない。どうせすぐに説明することになるのだから』

そう言ったノワールの表情は苦虫を何匹も噛み潰したかのように苦かった。

アルは、とりあえずは納得したのか頷き、私に視線を向けてきた。

「まあ、ちょっと何を考えているのかよく分からないところはあるけど、良い精霊と契約できたと思うよ。良かったね、リリ」

「ありがとうございます」

アルが言ってくれるのなら安心だ。

とにかくこれで障害はなくなった。私はアルと結婚できる。

そう思うと、精霊契約ができた喜びとはまた別の喜びがじわじわとわき上がってきた。

「リリ、嬉しそうだね」

「はい」

「そう、僕も嬉しいよ。これで堂々と結婚準備にも入れるからね。……まずは婚約式か。早く君を僕のお嫁さんにしたいよ」

熱い目で見つめられ、照れくささのあまり、思わず視線を逸《そ》らしてしまう。

アルが甘い声で私を誘う。

「リリ、恥ずかしがっていないで、こっちを向いてよ。君の可愛い顔を見せて欲しいな」

そんな風に言われれば、より一層恥ずかしくなってしまう。

真っ赤になった私を見たアルが楽しそうな声で笑う。アルも私が契約できたことを心から喜んでくれているのだということが分かり、本当に嬉しかった。

——良かったわ、本当に。

精霊契約ができて。

たくさんの人たちに心配させてしまったし、私も随分と悩んだけれど、結果として上級精霊と契約できたのだから、もう辛かったことは全部水に流せると思った。

◇◇◇

「とりあえず、ウィルが待っているからさっきの部屋に戻ろう。いいね？」

「はい」

アルの言葉に頷き、ウィルフレッド王子を待たせている部屋へ向かう。

ウィルフレッド王子はノエルと一緒に大人しく部屋の中で待っていた。一人掛けのソファにだらしなく腰掛け、戻ってきた私たちに向かって手を振る。

「お、その調子だと無事、精霊契約できたみたいだな。ご苦労さん」

「ウィル、ちゃんと座れ。さすがにそれはだらしないぞ」

「えー……大人しく兄上を待ってたんだからいいじゃん——」

『ここで会ったが百年目！　大悪党ノエル‼　覚悟しろ‼』

「えっ⁉」

突然、ノワールが大音声《だいおんじょう》に叫んだ。それと同時に黒色の魔力の塊のようなものをノエルに投げつける。それは見事に命中し、彼の身体を覆い隠した。眩しい光が部屋中に広がる。私は悲鳴を上げた。

「ノエル‼」

「――あー……痛《い》ったあ……。ちょっと、いきなり攻撃するなんて酷いじゃないか」

聞いたことのない声が響いた。

高めの男の人の声。眩しさから解放され、声がした方向を見ると、成人男性と思われる人が立っていた。

白と黒の斑《まだら》の髪はあちこち跳ねていて、腰まである。地面に着くほど長いローブを着ていた。その顔は恐ろしいくらいに整っており、まさに絶世の美形と言っても過言ではなかった。男性とも女性とも言える、アルよりももっと中性的な顔立ち。そしてその耳は長く尖《とが》っていた。

「エルフ……？」

「はいそこ！　そういう間違いは止めて欲しいなあ。私はハイ・エルフだよ」

私の呟きを聞き咎め、形の良い眉を寄せながら修正してくる。彼は手に、長い木の杖《つえ》を握っていた。

今の状況が全く理解できず、その場に立ち尽くすことしかできない。そんな中、舌打ちが聞こえた。

『仕留め損なったか。我の魔力で顕現するとは、相変わらずの屑ぶり。いいだろう、もう一度だ。

『……死ねっ!!』

「おっと」

ノワールが再び攻撃をしかける。それを男はひょいと身軽に避《よ》けた。不思議な話で、男が避けた後、その攻撃はまるで床に吸収されるように消えてしまう。

部屋が魔法で壊れないのは助かるが、今繰り広げられているこれは本当に何なのだろう。

「リリ……！　大丈夫？」

ノワールと男の一方的な攻防戦を呆然としながら見ていると、攻撃を躱《かわ》しつつアルがこちらへやってきた。

「はい……私は大丈夫ですけど……あれは？　私のノエルは？」

なんとなく分かってはしまったが、それでも聞かずにはいられなかった。縋るようにアルを見る。

彼は苦々しい顔で言った。

「……ウィルの言った通り、なんだろうね。アレは、間違いなく大魔法使いノエルだよ。あんな特徴的な髪色のハイ・エルフなんてノエルくらいしかいないからね。認めたくないだろうけど、君が飼っていたノエルはあのノエルだったって、そういうことなんだと思う」

そうではないかと思ったが、それでもはっきり言われるとショックだった。

私の可愛い猫のノエルが、伝説の大魔法使いだなんて誰が思うだろう。だけど目の前にある光景は、それを裏付けるものでしかなかった。

「ははは！　そんなものでこの私を仕留められると思ったら大間違いだよ☆」

『同胞の仇《かたき》！　お前を殺すためだけに、我は契約精霊としてここに出てきたのだ！　死ね！　ノエル‼』

「仇だなんて大袈裟《おおげさ》だなあ。私、なんか悪いことしたっけ？」

『同胞を百体以上、魔法の実験材料に使い、殺したこと、忘れはしないぞ。お前が実験に使った精霊の中には我の親友もいたのだからな！』

「ええ？　だってアレは魔法薬の精製のために必要だったんだよ。分からないかなあ。魔法薬の材料にたとえばトカゲが必要だったとする。それを使ったところで、誰も怒らないでしょう？　それと同じだよ。私は必要だったから精霊を使った。それだけのことだ」

『我の同胞と親友の命が、トカゲごときと同じだと言うのか⁉』

「私にとってはね。どんな生き物だって、私にとってはただの実験材料だよ☆」

『やはり、貴様は死ねえ‼』

「……大魔法使いノエルが女癖の悪い屑だってことは知ってたけど、まさか精霊にまで恨みを買っていたなんてね。これもウィルが言っていた通り、か」

ノワールと大魔法使いノエルのやり取りを聞きながら、推察するようにアルが言った。私は激しいノワールの攻撃とそれをヒラヒラと躱すノエルを唖然と見つめながら、ただ、頷く。

ウィルフレッド王子は、大魔法使いノエルは精霊王の怒りを買ったと言っていた。そのため呪いをかけられて猫の姿になったのだと、そう話していた。

あの時は酷い冗談だと思ったが、今の彼らの様子を見ていると、簡単に否定はできないように思えてしまう。

ノワールがまた攻撃をしながら、ノエルに言った。

『避けるしかできない能なしめが！　その杖はただの飾りか⁉』

「私もねえ、できればそうしたいんだけど……っと、わっ！」

ノエルが杖を掲《かか》げ、クルクルと回す。魔力の渦《うず》が発生したと思った瞬間、「ぽんっ」という間抜けな音がした。

「……あ」

「にゃあ……」

大魔法使いノエルの姿は消え、代わりにその場には、猫のノエルが蹲っていた。

ノエルはやっぱりというような表情を浮かべ、「こうなると思ったんだよねえ。まだまだ魔力が足りないんだよ」と残念そうに言った。

「……しゃ、喋《しゃべ》った？」

ノエルの口から紡がれた人間の言葉を聞き、目を見開く。信じられない気持ちでノエルを凝視すると、ノエルはムッとしたような顔をした。

「そりゃあ、喋るでしょう。私は本物の猫ってわけじゃないんだから。今までは魔力が足りなかったから、喋らなかっただけ。さっき、そこの馬鹿精霊がたっぷり魔力をくれたからね。全部吸い取ったら、少しは回復したかなあ。でも、元の姿を維持するのは難しいみたいだ。魔法を使おうとしたら戻っちゃった」

『誰が馬鹿精霊だと？　その醜《みにく》き姿になってもなお我を愚弄《ぐろう》するか！』

「ノ、ノワール。お願いだから落ち着いて……」

怒り狂ったノワールがまたノエルに攻撃をしかけようとする。それに気づき、慌てて止めた。

このままでは全く話が進まない。それが分かったからだ。

だがノワールは不満そうだった。攻撃こそ止めたものの文句を言ってくる。

『……主。ノエルは我の仇。落ち着けとはどだい無理なことを言う』

むっつりとするノワールに、アルが鋭い指摘をした。

「君が攻撃しても、ノエルはその魔力を吸うだけで、何の痛手も与えることができないと思うんだ。だからとりあえず今は攻撃を止めて、具体的な手段を見つけてから仕留めればいいんじゃないかな」

ノワールは、少し考え、頷いた。

『一理ある。その作戦を採用しよう』

一理あるんだ、と思ったが、そこは深く考えないことにした。

「ええと、じゃあ、攻撃は止めてくれるかしら」

『効かない攻撃に意味はない。承知した』

「良かった……」

ノワールの答えを聞き、ホッとした。アルに目を向けお礼を言う。

「ありがとうございました、アル。ノワールを止めてくれて」

「あのままじゃ話も碌にできなかったしね。……で、ウィル！　お前はいつまで隠れているんだ！」

「うえっ⁉」

アルの声に反応し、ウィルフレッド王子がソファの陰から這《は》い出てきた。どうやらノエルとノワールの諍《いさか》いに巻き込まれないように隠れていたらしい。

「……だって怖いんだよ。人外同士の戦いになんて巻き込まれるのはごめんなんだ……」

「気持ちは分かるが、お前にはもう少し詳しい話を聞かないといけないからね。ほら、ソファに戻ってくれるかな」

アルがソファを指し示す。ウィルフレッド王子はうんざりとした顔をしながら言った。

「……嫌だっつってても聞いてくれないんだろ。ったく、普段はオレがゲームの話をしても殆どスルーしてくるくせに、こういう時ばっかり」

「何か言ったかな？」

「ナンデモアリマセン、兄上」

アルに微笑みを向けられたウィルフレッド王子は、直立不動の体勢になって敬礼した。どうやらとても怖かったらしい。彼が渋々ソファに座り直したのを見て、私たちも席に着く。ノエルをどうすればいいのだろうと悩んだが、ノエルは勝手に私の膝の上に乗ってきた。それをアルが無情にも払いのける。

「僕の婚約者の膝の上に勝手に乗らないでくれるかな」

「うーん、心が狭いぞ☆　私は、ゴシュジンサマの可愛い可愛い飼い猫なんだから、もっと大切に扱ってくれなくちゃ困るな☆」

「……」

当たり前なのだろうが、ノエルが人の言葉を話す現状になかなか慣れない。複雑な顔で、アルと話すノエルを見ていると、アルがノエルを強引に自分の隣に置き、溜息を吐いた。

「正体がばれてもまだそんなことを言える神経に吃驚するよ」

「こんな繊細な男を捕まえて酷いことを言うね。事実じゃないか。私はゴシュジンサマの可愛い飼い猫。拾ってもらった恩だって私なりに感じている。あのままじゃ、死んでしまっていたからね」

「それだ。その話を詳しく聞かせて欲しい。ウィル、お前はノエルが精霊王の怒りを買ったと言っていたね?」

話を振られたウィルフレッド王子が頷いた。

「ああ、そうだぜ。魔法薬の実験材料にしたり、新しい魔法を開発するための魔力供給源にしたりって結構めちゃくちゃやったって話だったはずだ。で、さすがにやりすぎだってことで、精霊王に誰にも見向きもされない不細工な猫に変えられたんだよ。一気に殺すなんて生ぬるい。苦しんで苦しんで、死ねばいいって、確かそんなだったかなあ」

何かを思い出すように話すウィルフレッド王子。そんな彼を見て、ノワールが感心したように言った。

『お前、よくその話を知っていたな。その件については、精霊の中では禁忌となっている。誰も話していないと思っていたのだが、どこから聞いた?』

「さ、さあ……どこだったかな」

ヤベ、とウィルフレッド王子が焦ったように誤魔化す。

私はウィルフレッド王子を見ながら、本当に、彼の言う『ゲームの話』が全て嘘ではないのだと改めて思っていた。

もちろんおかしなところはたくさんあるが、それを除いても、参考になる話があったりするのだ。

――ゲーム、か。

信じたわけではない。

この世界がゲーム、なんて言われても信じられるはずがない。

だけど、ウィルフレッド王子が私たちの知らない何かの情報を持っているのは事実で、それについては目を背けてはいけないのだ。

ノワールが私とアル、そしてウィルフレッド王子のちょうど間に移動し、私たちを見た。

『ノエルは確かに偉大な魔法使いであったが、同時に真性の屑だった。まず、人を人とも思わぬ。自分以外の全てを魔法の実験材料としか見ていない。それは、先ほどのノエルの発言からも分かってもらえると思う』

「ちょっと！　本人を目の前にして真性の屑とか言わないで欲しいなあ！」

『黙れ、屑』

ノエルの訴えを、ノワールは絶対零度の視線と言葉で退けた。ノエルはあからさまに不機嫌ですという顔をする。

「……」

そういえばノエルはさっき、人や精霊を『トカゲ』と変わらない、みたいなことを言っていた。ハイ・エルフである彼にとっては全てが同列の場所にあるのだろう。たとえば、人間にとって、魚や牛が食料であるように。

おそらく食物連鎖の頂点に立つノエルにとっては、自分以外の全部が捕食対象となるのだ。

『ノエルは殺しすぎた。我の親友を実験材料にし、他にも同胞を自分の実験のために山のように殺《あや》めた。このまま手をこまねいていれば、もっと犠牲は増えるだろう。だから精霊王はノエルを誰にも見向きもされない不細工な猫にし、野に放ったのだ。それなのに、どうして主がノエルを拾ったのか。ノエルには精霊王の呪いがかかっている。拾う気になど、普通なら起こるはずがない』

「実際、私は死にかけていたしね。いやあ、魔法は使えないし、皆は私に気づかないしで参った参った。何とか生き延びてきたけど、さすがに死ぬかなあと思った時の、ゴシュジンサマだ。よく私を拾ってくれたよね。また不細工とか言われて、石でも投げられるんじゃないかとあの時は怯《おび》えていたんだよ」

「……不細工だからって拾わない選択肢はないわ。子猫が苦しんでいる。私にはその事実だけで十分だったのよ」

全員の視線が私に降り注ぐ。居たたまれない気持ちになりながらも正直に話すと、アルがリラックスさせるように私の背中をそっと撫でた。

「リリはとっても良い子だからね。僕の妻になる子なんだから当たり前なんだけど」

「良い子だなんて……」

当たり前の行動をしただけ。褒められるようなことではない。

ノワールが渋い顔をしながら言った。

『主が最初、精霊契約を試みた時、呼び出された精霊は驚きで死ぬかと思ったと言っていた。何故かノエルがいる。苦しんで、苦しみ抜いて死んだはずのノエルが。見つかれば捕らわれ、実験材料にされる。その恐怖から、主との契約を拒否したのだ。本人は主に対して、一度は応じたのに逃げたのは申し訳なかったとずっと気にしていたがな。ノエルが近くにいるのでは中級精霊ごときでは対処できない。上級精霊でも難しいかもしれない。実際、もう一度あった召喚では、結局ノエルの気配に怯え、誰も行こうとはしなかった。それで我が行くと手を挙げた。我はノエルに対して並々ならぬ恨みがある。力も強い。主と契約し、ノエルの様子を見るということになったのだ。幸いなことに、我の時はノエルの気配はなかったからな。問題なく契約を行うことができた』

「すぐに分かる事情って、このことだったんだね」

『さよう』

アルの言葉にノワールは肯定を返した。

話を聞いていたノエルがノワールに向かって文句を言う。

「何が様子を見る、だ。真っ先に攻撃をしかけてきたくせに」

それに対し、ノワールはせせら笑って答えた。

『お前を見た瞬間、抑えきれない殺意が湧いたからな。それに死ななかったではないか。不幸中の幸いと言おうか、お前にかけた呪いは解けていない。呪いが解けなければ、お前はいつか、ただの猫に成り下がる。我ら精霊の恨みを思い知るがよい』

はい、とアルが手を挙げる。皆の視線が集まったのを確認し、口を開いた。

「質問。どうしてノエルを殺してしまわなかったの？　そんなに恨んでいるなら拷問して殺した方がいいんじゃない？」

「ア、アル？」

アルが本気で不思議そうにするのが怖かった。だが、ノワールも同意見のようで、大きく頷く。

『我もその方がいいと思った。もちろん、そんなことくらいで我らの恨みが晴れるものでもないが、この男が世の中に存在しなくなるというのは悪くない。だが、先ほども見ただろう。この男は特異体質でな。他人の魔力を吸収し、己のものにできる。それは、基本が魔法攻撃である我ら精霊とは酷く相性が悪いのだ』

アルが納得したように頷いた。

「通常の魔法攻撃では殺せないってことか。それで、呪うという手段を選んだんだね？」

『そうだ。精霊たちが攻撃をしかけ、こやつがその魔力を吸収している隙を突き、精霊王が一世一代の呪いをかけた。呪いは魔法とは違う。ノエルは抵抗しようとしたが、精霊王の方が一歩早かった。ノエルは猫になり、放逐されたというわけだ』

説明は終わったとノワールが口を噤《つぐ》む。

私はなんとなくノエルに視線を移した。ノエルはまるで本物の猫のようにくわっと口を開けて欠伸をしている。正体を知った後では、可愛いという気持ちが湧いてこない。なんだろう、あざといという言葉が心の中に浮かび上がってしょうがなかった。

私の視線に気づき、ノエルがこちらを向く。

「ん？　あ、話終わった？　じゃ、ゴシュジンサマ、屋敷に帰ろうか。私はお腹《なか》が減ったんだよ。そろそろご飯が欲しいなあ。あと、お水も新鮮なものに取り替えてくれるかい？」

「ノエル！　お前、正体を知られておきながら、まだリリの屋敷に居座るつもりか！」

アルがノエルを睨み付ける。ノエルはタシタシと尻尾《しっぽ》を振った。

「当たり前だよ～。だって、あの屋敷は居心地いいんだ。皆、私に甘いしね。ゴシュジンサマから魔力をもらうこともできるし、出て行く理由がないかな☆」

へらりとしたノエルの態度がアルには気に障《さわ》ったようだった。

「そもそも、どうしてペラペラと話し始めたんだ。猫なら猫らしく、今まで通りニャアニャア鳴いておけばいいだろう！」

「ええ？　だからそうしていたじゃないか。実際、最初は猫としての意識が強すぎて、自分が何者かってところまですっぱり忘れていたんだよ。でもさ、ゴシュジンサマって歌に魔力を込められるだろう？　あれのおかげで、少しずつ記憶を取り戻していったんだ。零れる魔力を吸収してね。孤児院に行くと、絶対に歌ってくれるのが本当に有り難かった。完璧に記憶が戻ったのは、ゴシュジンサマが魔力暴走させた時かな。あの時たっぷり魔力をいただいたからね。いやあ、ほんっと、今までよく生きていたよ☆　私って、わりと悪運が強いのかな☆」

『死ねばよかったのに』

口を挟んできたノワールが物騒すぎる。

しかしノエルが色々思い出したのは、結局は私のあの魔力暴走だと言われれば、私には何も言えない。だって、あの時、ノエルが魔力を吸収してくれなければ、屋敷を半壊させていたかもしれないし、何よりアルに怪我《けが》を負わせてしまったかもしれないのだ。それを防いでくれたことを私は今でも感謝しているし、だから、そういう意味でノエルを否定することができなかった。

黙っていると、アルが私の手を握った。

「リリ。ノエルの正体が分かったんだから、連れて帰るなんて言わないよね。喋れる程度には回復したようだし、あとは一人でも生きていけるよ」

「えっ……でも」

先ほど見た男性がノエルの正体だと理解はしたが、今現在、猫の姿をしている彼を放ってはおけない。それにノエルはうちの屋敷の猫なのだ。父や母、兄にも『見捨てない』と『助けるというのは一時的なことではない』と言った。前言を撤回するのはどうかと思う。

「私……ノエルを連れて帰ります。無責任なことはできません」

「リリ、正気なの？　ノエルは猫ではないんだよ？　立派な成人男性だ。僕は自分の婚約者が妙な男と一緒に暮らしているなんて絶対に嫌だ」

顔色を変えるアル。ノエルは私の膝に飛び乗りながらのんびりと言った。

「私は女性が大好きだけど、ゴシュジンサマには興味はないから心配しなくて大丈夫。さすがに子供すぎて食指が動かないんだよねえ」

「お前の言葉を僕が信じると思うのか。この女たらしめ」

アルが容赦なくノエルを私の膝の上からはたき落とした。ノエルはコロコロと転がった後、やれやれと身体を起こし、アルに向かってブーブー文句を言った。

「えー、だってさ、私は今、ゴシュジンサマの庇護《ひご》がないと本気でまずいんだ。魔力を吸うこともできないし、このまま魔力が目減りしてしまったら、またただの猫に戻ってしまう。それは避けたいって思っているんだから、余計なことはしないよ」

「いっそ猫に戻った方が平和なんじゃないかな」

『そのまま死んでくれれば皆が喜ぶ。我も賛成だ』

アルとノワールが結託している。ノエルが嫌そうに顔を歪めた。

「すっごい嫌なタッグが誕生したね。でもさあ、実際のところ、私を飼ってくれているのはゴシュジンサマであって、君たちではないわけだし。ねえ、ゴシュジンサマ。私を見捨てたりはしないよね？　にゃあ」

「……」

あざといなあと思いながら、私は溜息を吐いた。結論はもう出ている。それを変える気はなかった。私はノエルを抱き上げ、アルに向かって頭を下げた。

「アル、ごめんなさい。ノエルを連れて帰ります」

「リリ！」

「別に絆《ほだ》されたとかではないんです。……ただ、ノエルがいなくなったら、兄様たちも悲しむから。

それに考えてみたら、私、今までに二回もノエルに助けられているんです。破落戸から逃げる時と魔力暴走を起こした時。それをなかったことにはできません」

「破落戸から逃げる時、ってあの時のこと？」

驚いたように言うアルに、頷いてみせる。

そう、私はノエルに二度も助けられているのだ。しかも多分、偶然ではない。おそらくはノエルは厚意で助けてくれた。それに気づいてしまえば、アルやノワールの言うことは聞けなかった。

「はい。もう捕まってしまうと思った時、ノエルが鳴いて……そうしたら追いかけてきた男たちが全員何かに躓《つまず》いたように転んだんです。今思えば、あれはノエルが助けてくれたんだと」

「ああ、あれね。そうそう。ちょっとずつ溜めた魔力を使ったんだよ。とは言ってもあの時は猫の意識の方が強かったから、大したことはできなかったけど。でもまあ、ゴシュジンサマを助けられたのだから良かったかなあ」

ここぞとばかりにノエルが同意する。

私がノエルに助けられたのだと知ったアルが微妙な顔をした。

「……そう、なんだ」

「助けてもらったのに、こちらは見捨てるなんてできません。もちろん、彼が精霊を……ってことは分かっていますけど、人には皆、二面性があるのだと思うのです。私は私を助けてくれたノエルを信じたい。……ノエル。お願いだから兄様たちに人間の言葉で話しかけたりしないで。そうしてくれるなら今まで通り、屋敷に置くから」

「いいよ。今まで通り猫の真似事をすればいいんだろう。お安いご用さ☆　まあ、君の兄たちにいい顔をできるかは自信がないけどね。私、女性は好きだけど、男は大っ嫌いだからさ」

「……」

最近、ノエルがやたらと男性を避けたがっているように思っていたが、それが気のせいではなかったと知り微妙な顔になった。ノエルがうんざりした顔をする。

「子供も好きじゃないんだよねえ。私の扱いが雑だし、理性的じゃない」

「もしかして、前、孤児院の子供たちに威嚇《いかく》したのは――」

ふと、少し前に孤児院に行った時のことを思い出し聞いてみると、ノエルは見るからに嫌そうな顔をした。

「ん？　鬱陶しいから触られたくなかったってだけだけど。女の子以外に触られたくないってのが本音だよ」

「……」

大魔法使いノエルが女好きという話を思い出し、深い溜息を吐いた。

どうやら女好きというより、女性以外は嫌いという認識で間違いなさそうだ。

しかし――とノエルを見る。

この分では、二度と孤児院にノエルを連れては行けなさそうだ。ノエルとまた仲良く過ごせると信じている子供たちを裏切ることになるのが分かっていて、できるはずもない。

アルが微妙な顔で私を見てきた。

「……リリ、これでもまだノエルを屋敷で飼う、なんて言うの？　僕の個人的感情を置いておくにしても、本気でお勧めできないんだけど」

「うっ……で、でも、助けてもらったのは本当ですから……」

ちょっぴり不安にはなってしまったが、助けられた恩を仇《あだ》で返すような真似はしたくない。

私が意見を変えないことに気づいたアルは納得できないという顔をしながらも、結局は諦めたように頷いた。

「分かった。確かに恩人だと知った後では、いくら僕でも見捨てにくい。だけどね、やっぱり婚約者の屋敷に男がっていうのは心配なんだ。だから、一つ保険をかけさせてもらおうと思う」

「保険、ですか？」

「そう、ちょっと待ってて。今、持ってこさせるから」

アルがソファから立ち上がり、外へ出て行く。残されたのは私とノエル、ノワール。そして先ほどから全く発言していないウィルフレッド王子だ。

「兄上、何をするつもりなんだろうな」

ウィルフレッド王子がアルの出て行った扉をぼんやりと見つめながら言った。

「殿下……あの」

声を掛けると、ウィルフレッド王子は私に視線を移した。首を傾げながら聞いてくる。

「ん？　何？　兄上を攻略したのに、さらにノエルルートを突き進んでいるリズ・ベルトランがオレに何の用があるんだ？　まさかあんたが隠しルートを開いているとは知らなかったけど」

「隠し？　よく分かりませんが、私は、アル以外は興味ありません」

そこははっきりしておかねばという気持ちで告げるとウィルフレッド王子はうんざりしたような顔をした。

「そんなの言われなくても分かってるって。兄上に愛されておいて、浮気とか無理に決まってんだろ。バッドエンドに行きたいってなら勝手にすればいいけど、基本はそのまま大人しく兄上に愛されていれば大丈夫だからさ」

「は……はあ」

ウィルフレッド王子が何を言っているのか分からないと思いながらも頷くと、彼はハッとしたような顔をした。

「……あー……今の話は忘れてくれ。それで？　わざわざオレに話しかけてくるとか、何の用なんだ？」

「その、ノエルには呪いがかかってるって話でしたよね。……もしかして解き方などご存じないかと思って」

「解き方？」

「はい」

素《す》っ頓狂《とんきょう》な声を上げたウィルフレッド王子。私はコクリと首を縦に振った。

このままノエルを屋敷から追い出すなんて私にはできない。だけどアルの言うことも一理あると思うのだ。だから助けられた恩を何か別のもので返せないかと思った。

ノエルの呪いを解く。それができれば、ノエルを庇護する必要もなくなるから、彼を屋敷に住まわせなくて済む。アルも安心するだろうと考えたのだ。

だが、ウィルフレッド王子は難しい顔をした。

「あんたが、兄上に余計な嫉妬をさせないためにって考えたのは分かる。悪くない手段だ。でもさ、覚えていないいんだよ。だってさ、考えてもみろよ。いくら大好きだったからと言って、普通、何十年、いやもっと前にプレイしたゲームの詳細なんていつまでも覚えていると思うか？　そんなことできたら、普通にキモイんだけど」

「……分からないってことですか？」

ゲームに例えられても、それが何か分からない私には理解できない。でも、彼が覚えていないという台詞から、分からないのだと推測を立ててみた。それにウィルフレッド王子は頷く。

「ここで隠しキャラとか、どう考えてもおかしいから、できればオレも協力してやりたいけどな。マジで覚えていない。悪いな」

「いえ……ありがとうございました」

分からないのが当たり前なのだから、ウィルフレッド王子が謝ることではない。それならと思い、チラリとノワールを見る。私の視線に気づいた彼はすっと視線を逸らした。

「ノワール」

『我は言わない。いくら主の命だろうと、アレの呪いを解くことに協力する精霊はいない。これは我だけではなく、どの精霊でも基本同じだと言っておこう。解きたければ勝手にすればいいが、協力は諦めてくれ』

「そうなんだ。じゃあ、ノエル。ノエルは知らないの？　自分の呪いが解ける方法」

話を振られたノエルは首を横に振った。

「意識がまだあった時に色々試したけど、全然。どうにも精霊王のオリジナルの呪いらしくてね。本格的に研究すれば分かるかもしれないけど、殆ど元の姿に戻れない今の状態では難しいかな」

「そっか……」

「そこの精霊くんが教えてくれれば別なんだけどね～」

ノエルがノワールにわざとらしく視線を送る。ノワールは嫌そうに顔を歪めた。

『誰がお前のためになるようなことをするか。これは全精霊の総意だと思え』

「ね？　この通りだからねえ、難しいかも☆」

どうやら呪いを解くというのはなかなかに前途多難のようだ。

溜息を吐いていると、「どうしたの？」と言いながら、アルが戻ってきた。その手には赤い首輪のようなものを持っている。

「うわっ……」

首輪を見たノエルが、毛を逆立てた。逃げようとするのを慌てて留める。

「どうしたの、ノエル」

「ああ、リリ。ちょうどいい。そのままノエルを押さえていて。よし、これで……」

「嫌だぁああ！」

カチッと音がして、ノエルの首に首輪が嵌まった。赤い首輪には小さな鈴がついており、ノエルにはよく似合っている。

「最悪だ！　なんでこんなものがローズブレイド王国に保管されてるんだよ！」

ノエルが首輪を外そうと私の腕の中から逃げ、跳ね回る。だが、首輪は外れない。これは一体なんだろうと思っていると、アルが笑いながら言った。

「それは、従属の輪っていうアイテム。うちの宝物庫にあったんだけど、父上に許可をもらって持ちだしてきた。これをつけられた者は、登録してある主人の命令には絶対に逆らえないんだよ。主人はリリに設定するから。リリ、鈴の部分に魔力を込めて触れてごらん」

「……はい」

言われた通り、首輪についていた小さな鈴に触れる。少しだけ魔力を通すと、鈴の色が変化した。黄色だったのが、金色に輝きだしたのだ。

「アル……これ」

「うん。これでノエルはもう君に逆らえない。ごめんね。これくらいしておかないと僕もやっぱり心配で。ノエルが襲ってきたら、遠慮なく命令をするんだよ。『死ね』でも『自害しろ』でも構わないから」

アルの言葉にノエルが思いきり反応した。

「それ、二つとも同じ意味だよね！　君、ローズブレイド王国の王太子君！　ローズブレイド王国の王族が代々腹黒なのは知ってるけど、君、かなり酷くないかい？」

「お褒めにあずかり光栄だよ。大魔法使いノエル」

「ぜんっぜん、褒めてないから！　ゴシュジンサマ、こんなのが相手で本当にいいのかい？　今ならまだやり直せる。なんだったら私がもっと良い男を紹介してあげるよ！」

シャーと威嚇するノエルを、アルは鬱陶しそうに睨んだ。

「余計なお世話だ。リリは僕と結婚するんだから、他の男なんていらない。……ね、リリ？」

「は、はい」

こちらに向けられた視線がやけに怖い。何度も首を縦に振ると、アルは「そうだよね」と満足そうに頷いた。機嫌が上昇したことにホッとする。

「ま、とにかく、この首輪をしているのならいいよ。目を瞑《つむ》る」

「全然瞑っていないっていう私の訴えは聞いてもらえないのかな……」

「うん？　何か文句でもあるのかい？　大魔法使いノエル」

アルがノエルに笑顔を向ける。その表情を見たノエルは、溜息を吐いた。

「……分かったよ。共存するためだ。私も多少の不便は我慢しよう」

「うん。理解してくれてよかった」

ノワールが感心したように言う。

『あのノエルをやり込めるとは。主、なかなか主は男性を見る目があるな』

「……」

これは褒められているのだろうか。微妙だなと思っていると、ウィルフレッド王子までもが追随した。

「兄上は、攻略キャラの中で、ある意味一番怒らせたらいけないキャラだからなー。頑張れよ、リズ・ベルトラン」

「……」

「ウィル。あとでちょっと僕と話をしようか？」

「兄上！　目が笑ってない！　目が笑ってないってば！」

明らかに余計なことを言ったウィルフレッド王子がアルに頬を引っ張られている。

何だろう。せっかく精霊契約を済ませて、これからはのんびりと構えていられると思っていたのに、どうもそういうわけにもいかなさそうだ。

現実逃避したくなっていると、ウィルフレッド王子の頬を引っ張っていたアルがこちらを見て、小首を傾げた。

「ん？　リリ、どうしたの？」

「……いえ、何でもありません」

アルの顔を見ていたら、全部がどうでもよくなってしまった。

だって、私を見る目がどこまでも優しい。それを嬉しいと思うのだから、悩むだけ無駄というものだ。

――きっと何とかなるわ。

私はただ、アルについて行けばいい。

つまりのところ、私も大概アルに惚《ほ》れているということなのだ。

◇◇◇

ノワールを顕現させたまま屋敷に戻ると、父も母も兄たちも、そしてルークも、皆が私の成功を喜んでくれた。

しかも上級精霊だということで、父は周囲に自慢できるとホクホク顔だ。

「一時はどうなることかと思ったが、終わりよければすべてよしだ。リリ、よくやった。私も鼻が高い。アラン殿下もさぞ喜んで下さったことだろう」

「それは……はい」

「今夜はご馳走にしよう。料理番に命じなければ」

ウキウキと父が料理番を呼び出し、夕食内容の変更を告げる。突然の命令に驚いていた料理番たちも、私の祝いだと説明を受け、快く頷き、下がっていった。

私も部屋着に着替えることにし、ルークを連れて部屋に戻る。

ノワールにはまた呼び出すからと言い、元いた場所に帰ってもらったが、ノエルは私の足下をついて歩いていた。先ほどノワールが複雑そうな顔でノエルを見ていたが、こればかりはどうしようもない。

「ごめんね」と謝ると「わかっている。我も我が儘《まま》を言うつもりはない」と言ってくれた。

ノワールとのやり取りを思い出しながら、屋敷の廊下を歩く。ルークが「おや」と声を上げた。

「どうしたの？」

「お嬢様。ノエルに首輪なんてついていませんでしたよね？」

やはり気がついたようだ。ルークは目端が利くなと思いながら、私は何気ない口調を心掛けた。

「……さっきアルにいただいたの。体色が白いからよく似合っていると思わない？」

「ああ、殿下からの贈り物でしたか。それは良かったですね」

納得したようにルークが頷く。

ノエルの正体については、とりあえずは黙っておくことになった。

大魔法使いノエルを飼っているなど普通にあり得ないし、父や母が、いや兄だって、聞けば卒倒するのは間違いないだろう。

私だってあの流れだったから受け入れられただけで、突然「ノエルの正体は、大魔法使いノエルなんです」と言われても、認められないし、認めたくない。

黙っているのが無難だということくらいは分かる。

そのうちルークにくらいは話そうと思っているが、今はまだ駄目だ。私も色々と心の整理がついていないし、できればもう少し落ち着いてから話すかどうか考えたい。

「ええっと、ルーク。悪いんだけど、着替えるからノエルを外に出してちょうだい」

「お嬢様？」

着替えをしようと思ったところで、ノエルがいたままだということに気づいた。外見は猫でも中身は成人男性。さすがに着替えを見られるのは恥ずかしい。というか、嫌だ。

だが、事情を知らないルークからしてみれば、私の行動は不審極まりないようで、眉を寄せながら聞いてきた。

「ノエルを追い出すんですか？　今までそんなこと一度もおっしゃらなかったのに？」

「そ、そうよ。とにかく、命令通りにしてちょうだい。ノエルは今後、着替え中の入室は禁じるから」

何か言い訳をと思ったが、碌なものを思いつけなかった。仕方なく誤魔化すと、ルークが察したかのように聞いてくる。

「……お嬢様、もしかして、着替え中にノエルに噛まれでもしましたか？　それでそんなことを言い出したとか？」

「……そうよ」

格好悪すぎる理由だと思ったが、背に腹はかえられない。

だって他に言い訳なんて思いつかない。とにかくノエルを連れて行って欲しいと頼めば、ルークは肩を竦《すく》めながらもノエルを部屋から追い出してくれた。それを確認した後、私はメイドのロッテを呼んだ。

やはり着替えは女性の手を借りたい。ロッテは優秀だし、最近は着替えの度に彼女に手伝いを命じていた。

部屋着は黒っぽいものが多い。リボンやレースが目立つデザインが好きで、室内ではそんな服ばかり着ていた。ドレスは甘いデザインのものが増えたが、部屋着はあまり変わっていない。なんとなく落ち着くので、もうしばらくはこのままでいこうと思っていた。

着替えを済ませ、少し休憩をした後、食堂に移動した。

夕食は料理番が腕を振るってくれたおかげでとても美味しく、家族は皆、終始笑顔で楽しい時間を過ごすことができた。

「良かった。本当に良かった……」

父はずっとその言葉ばかり繰り返していたし、兄たちはそんな父を苦笑しながらも見つめていた。だけどその視線は温かいもので、改めて、私は家族に心配を掛けていたのだなと実感した。

夕食の後のデザートも食べ、部屋に戻る。

窓際に置いたお気に入りの肘掛け椅子に掛け、ほうっと息を吐いた。

「……ようやく、スタートラインに立てたような気がするわ」

食後のお茶を用意していたルークが、「そうですね」と同意する。

「これで、お嬢様は殿下と結婚する条件が揃ったわけですからね。これからは、妃《きさき》教育が始まります。今からが本番ですよ」

「分かっているわよ」

結婚までまだ時間はあるが、決して余裕があるわけではない。精霊契約ができたことで、彼の正式な婚約者として認められ、アルに相応しい妃であるよう、王家主導での教育が始まるのだ。

「アルと一緒に生きて行くためだもの。勉強くらいいくらでも頑張るわ」

元々、公爵家の令嬢として必要な教育は受けている。それにプラスされるくらい、どうということはない。むしろ、教育は城で行われるから、アルと会う機会が増え、私には楽しみに思えるくらいだ。

そういう気持ちを率直にルークに伝えると、彼は「それなら心配は要りませんね」と微笑みと共に言ってくれた。

第八章　ごめんなさい

次の日、アルが屋敷を訪ねてきた。

まさか昨日の今日で来るとは思わず驚いたが、そんな私を見て、アルは当然のように言い放った。

「ノエルが悪さをしていないかこの目で確認しないと安心できないからね」

なるほどとは思ったが、それでもつい言ってしまった。

「……そのために首輪を下さったのでは？」

「それはそうだけど、感情の方はなかなか納得できないんだよ。リリがノエルと一つ屋根の下に暮らしているとか、想像しただけで、どす黒い気持ちが胸の中を渦巻くんだ」

ことさら大きな溜息を吐き、アルが私の部屋へと入ってきた。部屋には朝から呼び出していたノワールと、そのノワールが監視の目を光らせているノエル。そしてお茶を運んできたルークがいる。メンバーを確認したアルは、私に耳打ちしてきた。

「リリ、ルークには言ったの？」

「いいえ。いずれはと考えていますけど。さすがに昨日は疲労が激しくてそんな気にもなりませんでした」

「それはそうだね。でも、ルークには早めに話しておいた方がいい。君の専属執事だろう？　四六時中一緒にいるんだ。すぐに襤褸《ぼろ》がでるよ。もちろん君が事情を隠し通せる自信があると言うなら、僕はそれを信じるけど」

「……自信はありません」

そもそもルークに隠し事ができる気がしない。

即座に白旗を揚げた私を見て、アルは「正直だね」と笑った。

「じゃ、まずはルークに事情説明かな。そのあと、ちょっと僕の話を聞いて欲しい」

◇◇◇

「――なるほど。それでお嬢様は、昨夜、ノエルを部屋から追い出そうとなさったんですね」

事情を聞いたルークが真っ先に言った言葉がこれだった。

私はムッと唇を尖らせた。

「どうしてそれが出てくるのよ」

「だって、明らかにおかしかったですからね。いきなり可愛がっていた猫を、単に着替えるためだけに部屋から追い出すなど、以前のお嬢様ならいざ知らず、今のお嬢様はなさらないでしょう？」

「それは……そうだけど」

「だったら、他に何か理由があると考えるのが妥当です。まさかその理由が、ノエル自身にあるとは思いませんでしたが」

絨毯の上で、我関せずとばかりに耳を掻いているノエルをルークは複雑な顔で見つめた。

その上で私に聞いてくる。

「疑うわけではないんですが、本当にこのぶさ猫があの大魔法使いノエルなんですか？」

「信じたくない気持ちは分かるけど、本当よ。私もアルも、昨日、人の姿になった彼を見たんだもの」

アルに視線を向けると、彼も同意するように頷いた。

「僕も見たし、なんならその場には僕の弟のウィルもいたよ。もちろんそこにいるリリの契約精霊もね。それでも疑う？」

アルの問いかけにルークは否定を返した。

「いえ……そういうわけではないんです。ただ、なかなか現実を受け入れられないだけで。申し訳ありません」

「別に謝る必要はないけどね」

「そうそう☆　普通の人は信じられないと思うよ。魔法とは違うからねー。精霊王の呪いなんて珍しいものを経験できたのは悪くなかったけど、元に戻れないのだけが難点かな☆」

「!?」

いきなり会話に混じってきたノエルをルークがギョッとした顔で凝視する。

「は？　猫が、喋った……？」

愕然としたルークに、そうなるだろうなと思いつつも説明した。

「だから、呪いで姿を変えられただけの人間……じゃなかった、ハイ・エルフなんだって。ノエル、あなた分かっていて今、発言したでしょう。私の執事を驚かせるのは止めてちょうだい」

「だって面白そうだったからさ☆　私は人の驚く顔を見るのが大好きなんだ」

ケラケラ笑うノエルをルークは蔑《さげす》むような目で見つめていた。

どうやら早くもショックから立ち直ったらしい。

「最低な趣味ですね」

ばっさりと切り捨てる。そうして私に向かって真顔で言った。

「お嬢様。一つお伺いします。お嬢様は今後も彼をこの屋敷に置いておくつもりなんですか？」

「え？　ええ、少なくとも呪いが解けるまではそのつもりよ。でなければ行くところもないみたいだし、一度拾ったのに捨てるなんてできないわ」

「そうですか。では僭越《せんえつ》ながら申し上げます。お嬢様は馬鹿なんですか？」

「馬鹿って……」

流れるように罵倒《ばとう》され、私は言葉に詰まった。ルークが呆れたと言わんばかりの表情をする。

「馬鹿でしょう。ただの猫ではなく、呪いのかかった元ハイ・エルフの猫なんて面倒以外の何ものでもない。しかもお嬢様、私以外に話すつもりありませんよね？　つまり、彼に対処できる存在はこの屋敷で私とお嬢様以外にいないのです。それでやっていけるとお思いですか？　大魔法使いノエルなんて、お嬢様の手に余る存在、匿《かくま》っていても意味はないでしょう」

正論が耳に痛い。私はもごもごと言い訳するように言った。

「そ、それはそうかもしれないけど、彼には色々と助けてもらったから。追い出すなんて、恩を仇で返すようなものじゃない。それはしてはいけないと思うの」

「お嬢様、それはそれ。これはこれという言葉があることをご存じですか」

真顔で窘めてくるルークに、アルと、そしてノワールがうんうんと頷いている。

多数決どころか、私の味方は誰もいない。それでもなんとか口を開いた。

「ノ、ノエルにはアルからいただいた首輪もあるし、悪さはできないわ。ね？」

「そういう問題じゃないんですけど」

じとっとルークに睨まれ、私は視線を逸らした。

アルが注目を集めるように手を叩く。

「はい。その話はここまでにしよう。僕もルークの意見には大いに賛成したいところだけど、結論自体は昨日、出ていることだしね。蒸し返すような真似はしない。ルークも文句は言ってるけど、結局主人の意向に逆らうつもりはないんでしょう？」

「それは……そうですけど」

ルークが返事をすると、アルはにっこりと笑った。

「ね？　だから、別方向から考えようと思う。で、ここからが僕の話なんだけど、こうなればノエルの呪いをさっさと解いて、追い出す方向で行きたいと思うんだけどどうかな？」

アルの提案に、ルークは少し考え、頷いた。

「まあ……それが一番手っ取り早そうですね。お嬢様もそれなら納得してくれそうですし」

「わ、私？　もちろん、呪いが解けてまで屋敷に置いておくつもりはないけど」

昨日だって、そう思ったからこそ、ウィルフレッド王子にノエルの呪いの解き方について尋ねたのだ。収穫はなかったけど。

私の答えを聞き、アルがノエルに目線を向けた。

「ノエル。君も呪いが解けてまで僕の婚約者の屋敷に居座ろうとは思わないよね？」

「そりゃあ、本当に呪いが解けるっていうんなら私は大歓迎だし、喜んで出て行くけど」

「決まりだ」

アルが頷く。ルークが「あ」と何かに気づいたように声を上げた。

「すみません。一つ、問題があると思うのですが」

「問題？」

アルが目線で促すと、ルークはノエルを複雑そうな顔で見ながら言った。

「ノエルって、今までに随分とたくさん精霊を殺しているんですよね。そんな大罪人を元に戻してもいいものなのでしょうか。精霊王の呪い、なんでしょう？　人間が勝手にどうこうしていいものとも思えませんけど」

『別に勝手にすればいい』

ルークの質問に答えたのは、アルではなくノワールだった。

『昨日、主にも言った。解けるものなら解けばいい。本当に呪いが解けたとして、我らも、我らが王も何も言わないと約束しよう。二度と呪いをかけることもないともな。だが、我らは確信している。ノエルの呪いは絶対に解けない』

確信を持っている様子のノワールを見て、アルは、今度は私に聞いてきた。

「ねえ、リリ。君の契約精霊。本当にそんなことを言ったの？」

「えと、はい」

そういえば、昨日、呪いの話をノワールとした時、アルはノエルの首輪を取りに行っていて、いなかった。それに気づき、ノワールから聞いたことを説明する。

呪いの解き方は教えないけれど、勝手にするのは構わない。

そんな風に言われたと告げると、アルは「ふうん」と頷いた。

「精霊たちは呪いの解き方を知っているんだね。で、解きたければ解いてもいいけど、解き方を教えはしない、と。……ありがとう、リリ。それだけ分かれば十分だよ」

少し考える素振りを見せたアルは、やがて「うん、やっぱりこの方向性で行こう」と言った。

「今のリリとノワールの話で確信が持てた。多分だけどね、呪いが解けたノエルは、もう精霊を殺すようなことをしなくなっているんだと思う。だから、解きたければ解けばいいって精霊たちは言ってるし、絶対に呪いは解けないとも断言しているんだよ」

そうだよね、とアルがノワールを見る。

ノワールは渋い顔をしつつも、肯定した。

『――そうだ』

「ノエルが改心なんてあり得ないと君たちは思っていると。ええと、そういう話らしいから、呪いを解いても問題なさそうだ。ま、僕的には、元に戻ってもいざとなれば首輪を使ってリリが命令すれば、行動を制限させられるだろうって算段だったんだけど。とにかくルーク、これで君も賛成してくれるかな？」

答えを促されたルークは、しっかりと頷いた。

「はい。協力します。ノエルが改心する呪いが解ける条件なんて皆目見当もつきませんけど」

ルークの意見には、私も同意だった。

悪心がなくなるアイテムでも存在するのだろうか。そうすれば、ノエルは人の姿に戻れる？

考えていると、ノエルが嫌そうに言った。

「止めてよ。私は自分の心を歪まされてまで元に戻りたくないけど。それなら今のままでいい。魔力が溜まれば、たまにだけど元の姿はとれるし、魔法だって使えるんだからさ。そりゃあ猫の手は不便だけど、人格を変えられるようなのはごめんだ」

アルがにっこりと笑いながらソファから立ち上がり、ノエルの首根っこを摑む。

「いいからお前はさっさと元の姿に戻るんだよ。それに、呪いを解く方法が『お前の意志を無理やり変えること』と決まったわけでもない。そうだね、どんな方法か分かってから考えるのでも遅くはないんじゃないかな？」

アルの顔を見上げたノエルが口元を引き攣らせた。

「それ、そう言っておきながら、分かった瞬間、どんな手段を使っても元に戻そうとするやつだ！　知ってる！　君、本当に腹黒いな‼」

「失礼な猫だね、全く。僕がそんなことをすると本当に思っているのかな？」

「その顔は絶対にやる‼　賭けてもいいよ！」

ノエルは暴れ、アルから逃げ出した。そうして私の膝の上に飛び乗ってくる。

「ゴシュジンサマ！　君の婚約者が私を虐《いじ》めるんだ！」

「……ええと、その」

基本的にアルの味方である私に助けを求められても困る。

アルが誰が聞いても分かるくらい、機嫌が悪そうな声で言った。

「僕の婚約者の膝の上に乗らないでくれるかなあ。それ、とっても気分が悪くなるんだよね。成人した男性がするものではないと思うよ」

「ハハハ、猫に嫉妬とは格好悪いね、王子様☆　私はただの猫だよ？　もう少し大らかな気持ちになれないかなあ」

「お前相手には無理だ。退《ど》け」

「おっと」

アルが手を伸ばしたが、ノエルは上手く逃げおおせた。たたたと走り、アルの手が届かない高い書棚の上に上ってしまう。

「ハハハハ！　この私の華麗な動きにはついてこられまい！」

高らかに告げるノエルを見て、アルは怒りが削《そ》がれてしまったらしい。疲れたように息を吐いた。

「……本当にムカツクんだけど。ただの猫だと思っていた時には可愛いと思えたことも、今では全てが憎たらしく映るよ」

うんざりしたような声で呟き、アルはノエルを無視し、ソファに座った。

そうして気を取り直したように口を開く。

「とにかく、あの馬鹿ノエルの呪いを解く方向で行く。まずは呪いの解き方を調べなければならないんだけど……前々から言っていた通り、僕は『あなぐら』を訪ねてみようと思ってる」

「あなぐら……ですか」

魔法に対し、特別な才能を持つものだけが集まる場所、魔法専門機関、通称『あなぐら』。

そこは奇人変人しかいない、魔の巣窟《そうくつ》。魔法に対する理解は深いし、専門家の集まりであることは確かなのだが、普通なら絶対に近づきたくないところだ。

そんな危険な場所にアルが行くと聞き、自然と眉間に皺《しわ》が寄った。私の顔を見たアルが額を突《つつ》く。

「ほら、そんな険しい顔をしないの。大丈夫だよ。あそこにいる皆は、確かに変人ばかりだけれど、能力は確かだから。きっと良い案を教えてくれる」

「それはそうでしょうけど……」

良い噂を聞かない場所だ。ただ、訪ねるだけと分かっていても心配になってしまう。

「アル……」

「そんな顔をしないでよ。本当に大丈夫だから。なんだったら君も一緒に行く？　そうしたら怖い場所ではないって分かると思うよ」

「本当ですか？　是非！」

アルの提案に飛びついた。

本音を言えば、近寄りたくないとさえ思っていた『あなぐら』になんて行きたくない。だけどアルが行く場所を、この目で確認しておきたいという気持ちの方が勝ったのだ。

アルが私の手を取り、ソファから立たせる。ルークを見て、ウィンクをした。

「じゃ、早速出掛けようか。ああ、そうだ。一応、機密の多い場所だから、ルーク、君は遠慮してくれるかな」

それに対し、ルークは何とも言えない顔をしながらも頷いた。

「わざわざ言っていただかなくても、邪魔はしませんよ。好きなだけお二人でどうぞ」

「そう、ありがとう」

投げやりなルークの返答に、アルは輝くような笑顔をもって返していた。

◇◇◇

ノワールは召喚を解き、ノエルはルークと一緒に屋敷で留守番をしてもらうことにして、私はアルと二人で『あなぐら』へと向かった。

王家から資金を出してもらっていることもあり、『あなぐら』は王城の敷地内にあり、王家の管轄下に置かれている。研究所は、西棟の一角だ。全員が入れる大きな研究用の部屋と、個人用の部屋がある。あとは、泊まり込みができるよう、寝室などが設けられているようだ。所属する魔法使いたちはそこで日夜研究に励んでいるらしい。

「……」

アルに手を引かれながら王城の廊下を歩く。いつもとは違う道は、妙に緊張感を誘う。特につい最近、近づくまいと決意した場所に早速行く羽目になってしまったことに、運命の悪戯《いたずら》というものを感じていた。

「どうしたの？　緊張してる？」

私の手を引き、少し先を歩いていたアルが振り返る。それに私はぎこちなくではあるが、笑顔を作って答えた。

「少しだけ。噂でしか知らない場所なので、実際はどうなのだろうと思うと、やっぱり無意識のうちに緊張してしまいます」

「そうだろうね。まあ、皆が遠巻きにしているのは事実だし、僕も積極的に関わりたいとは思わないけど。でも、頼りになるから君もいざという時は、彼らを訪ねるといいよ」

「はい……」

いざという時など訪れて欲しくないと思いながらも頷く。

「あれ？」

西棟に入った途端、違和感を覚えて立ち止まった。辺りを見回し、その正体に気づく。

「兵士がいない？」

それまでは数メートルおきに立っていた兵士の姿がどこにも見えないのだ。どういうことかと不思議に思っていると、アルが説明してくれた。

「昔はいたらしいんだけどね。危険だからという理由で、ある時から置かなくなったんだ。『あなぐら』では何らかの事故が起こるのは日常茶飯事だから。無関係な人を巻き込まないためにも、この西棟では『あなぐら』の人間以外、誰もいない」

「え、でも、それって危ないいんじゃ……」

彼らの研究成果を盗もうとする者が現れないとも限らない。最低限の警備の兵は必要なのではないだろうか。だが、アルは首を横に振った。

「研究所には二十四時間、常に研究員の誰かがいる。研究成果を狙ってやってきた賊が来たらどうなるか。間違いなく、彼らの研究材料にされるだけだよ」

「研究材料……」

「うん。研究材料が自分からやってきたって大喜びするんだ。彼らが実際に言っていたらしいよ。まあ、賊相手なら捕まえる手間が省けるから勝手にすればいいと思うけど」

「そう……ですか」

ふと、大魔法使いノエルが、精霊を研究材料にしていたという話を思い出した。

それに対し、ノエルは全く罪悪感を持っていない様子だった。

ハイ・エルフである彼にとっては、人間も精霊も実験材料の一つでしかない。そんな倫理観の破綻した彼を庇い、屋敷に置くという選択をした私は、本当はいけなかったのだろう。実際、実験材料と平然と言い放つ彼に、私だって恐ろしさを感じていた。だけど短くない期間、愛猫《あいびょう》として飼っていたノエルを、そして恩人でもある今は無力な彼を、私はどうしたって見捨てられなかった。そちらに天秤《てんびん》が傾いてしまったのだ。

正直に言えば、今も悩んでいる。

私の選択は間違いだったのかもしれない、と。

私の契約精霊のノワールにも申し訳ないことをしているのだろうと。

私には恩人でも、彼にとってはノエルは憎い仇でしかない。それを理解しているくせに、主人である私が庇うのだから良い気分であるはずがない。当たり前だ。

皆にもたくさん迷惑を掛けている。

「……あ」

「どうしたの、リリ」

アルが不思議そうな声で話しかけてくる。それに私は咄嗟に返事をすることができなかった。

だって今、私はとんでもないことに気づいてしまったから。

昨日、私は、ノエルの呪いを解けば、屋敷に置かなくても済むと簡単に思い、ウィルフレッド王子にその方法を尋ねた。

その時は気づけなかったのだ。彼を呪いから解放すれば、ノエルはまた同じことを繰り返すかもしれないということに。

――私は、何をしようとしていたの？

今更気づいた事実に、愕然とした。

ショックのあまり、涙が出そうだ。

結局私は自分のことしか考えていなかった。

何も変わっていない。自分のことばかりで、周囲のことなんて全然考えられていないのだ。

いつだって――いつも私は気づくのがこんなにも遅い。

さっきルークが、ノエルの呪いを解くことに懸念を示した時も、何も思わなかった。あの時、気づけてもよかったはずなのに。

――なんてこと。

せめてもの救いは、ノエルを呪いから解放すると言った時、ノワールが否定しなかったことだ。

そして呪いから解放された場合、ノエルは危険人物ではなくなっていると、先ほどノワールが断言していたという事実。

それならノエルを解放するために頑張っても、危険人物を野放しにすることにはならない。

ノワールたちに、皆にこれ以上申し訳ないと思わなくて済む。

「……」

――頑張るしかないわ。

ノエルの呪いを解くために。

今更だけれども、できることはこれしかないのだから。

これは自分のとった選択の結果だ。

ノエルを庇った私は、その選択の責任を負わなくてはならない。

身体を震わせる私を見て、アルが尋ねてくる。

「リリ、どうしたの、さっきから。様子がおかしいけど」

「い、いえ……なんでもありません」

誤魔化すように笑う。そうして気持ちを入れ直した。

――仕切り直しよ。これから巻き返せばいい。ううん、巻き返してみせる。

「ごめんなさい、アル。少しぼうっとしていたみたいです」

「そう、それならいいけど。……話を戻すけど、研究さえ邪魔しなければ、彼らは何もしないから。必要以上に怯える必要はないよ」

「はい。大丈夫です」

微笑みを作り言葉を返す。アルは心配そうに私を見ていたが、問題ないと判断してくれたのだろう。再び歩き出した。それにホッとする。

西棟の壁は真っ白で、廊下には絨毯すら敷いていない。簡素な燭台《しょくだい》があるだけだ。事故がよく起こると言っていたから、価値のあるものを置いておけないのだろうが、本館やアルのいる王族居住区とのあまりの違いに驚いてしまう。

「この部屋。入るよ」

アルがノックをし、扉を開ける。

中はまるで舞踏会を開催する大広間のように広かった。あちこちに魔法薬の精製に使われると思われる大釜があり、机の上には薬草らしきものが無造作に置かれている。羊皮紙には流れるような筆跡で何かを書き付けたような形跡があり、研究員と思われる人たちが十人ほど、忙しそうに働いていた。何に使うかも分からない道具があちらこちらに散乱している。

私たちが入ってきたことに彼らは気づいたが、すぐに興味をなくしたように自身の研究へと戻っていった。そのあまりの無関心ぶりに驚いてしまう。

アルは呆れたように彼らを見回し、口を開いた。

「昨日、行くって連絡しておいたはずだけど」

「……奥にある部屋にどうぞ。副所長がいらっしゃいますので」

「そう。ありがとう」

アルの問いかけに、私たちの一番近くにいた男性が、億劫《おっくう》そうに答えた。アルはその態度を咎めるでもなく「行こう」と私の手を引いて、示された場所へと向かった。

途中、床に転がっていた謎の丸薬のようなものを踏んでしまいそうになったが、間一髪のところで避けることができた。

「入ってもいいかな？」

扉をノックし、アルがまた声を掛ける。扉の奥からはややあって「……どうぞ」という声が聞こえてきた。

扉を開ける。中は客室になっており、不機嫌そうな顔を隠しもしない男が、安っぽいソファにふんぞり返っていた。白衣を羽織っており、その態度から、彼が副所長であると予想できる。

年齢は、ヴィクター兄様より少し年上といったところだろうか。

その年で副所長ということはかなりの実力者なのだろう。だが、髭《ひげ》がぼうぼうで、清潔感があるとはとてもではないが言えなかった。

「……」

彼は目線だけで、正面の席に座るよう訴えてきた。大人しく腰掛けると、早速というようように口火を切る。

「で？　偉大なる殿下が私の貴重な研究時間を奪ってまで聞きたい話って何です？　つまらない話だったら許しませんよ」

「せめて君の名前を知りたいんだけどね。ええと、副所長だっけ？」

困ったようにアルが聞いたが、男は面倒そうに眉を寄せ、これ見よがしな溜息を吐いた。

「それ、必要な情報です？　ま、いいですけど。私は、レナート。で、ご用件は？」

無駄な話は一切しないという断固とした決意を感じる。思わず苦笑すると、アルと目が合った。

どうやら彼も呆れているようで、肩を竦める。

「……ま、『あなぐら』の魔法使いたちは、大体こんな感じだよ。怒っても仕方ないからね。君も気にしないでくれると嬉しい」

「アルがお怒りにならないのに、私が怒るなんてあり得ませんけど」

昔の私なら無礼だと怒り狂ったと思うが、今は、多少身の程を弁《わきま》えられるようになった。

私はただ、アルに連れてきてもらっただけの立場。私が何か言うのは違うだろう。

アルは頷くと、レナートと名乗った男に問いかけた。

「じゃ、聞くよ。君、呪いの解き方なんて知らないかな？　具体的には、精霊王の怒りを買って、猫に変えられてしまった人物を元に戻したいって話なんだけど」

退屈そうにアルの話を聞いていたレナートの目がキラリと輝いた。

今までだるそうにしていたのに、急にソファから立ち上がり、アルに詰め寄ってくる。

「精霊王の呪い？　何それ、もっと詳しく！」

「……君、いきなり態度が変わったね。今の今まで、興味ありませんって顔をしていたのに」

あまりの変わりっぷりに、さすがにアルが指摘すると、レナートは当然とばかりに言い放った。

「殿下が、興味のある話をしてくれるなんて思っていませんでしたからね。いやいや、偶然なんですけど、呪いは私の専門なんです。なのでほら、もっと具体的に、最初から話して下さい。精霊王の呪いなんてワクワクしますねぇ！」

舌舐《な》めずりしかねない勢いのレナートを気持ち悪いと思いつつ、いや、これはかなり期待できるのではないかと考え直した。

アルも同じように思ったのか、呆れつつも詳細を話していく。

だが、大魔法使いノエルが猫に変えられたというところで、レナートは、愕然と目を見開いた。

「は？　ノエル？　あの大魔法使いノエルが猫に？　猫になっていたんです？」

「うん。十年以上姿を見ないと思ったら、猫になっていて、どうしようもなかったらしいよ。今はリリに飼われているけど」

「……うちの所長を飼うとか、勇者ですね」

「は？」

レナートの言った言葉の意味が理解できなかった。もう一度という気持ちを込めて視線を向けると、レナートは渋い顔をして口を開く。

「だから、所長。大魔法使いノエルはうちの所長ですよ。もう十年以上姿を見ていませんし、それ以前も名前だけで殆どこちらには姿を見せませんでしたけどね。彼が所長という事実は残っています。実は私も彼には会ったことが一度もないんですよ。吃驚ですね」

「吃驚とかそういう問題じゃないと思うわ。ノエルの無事をあなたたちは知らなかったの？」

思わず口出ししてしまった。

アルも真顔で頷く。

「大魔法使いノエルが、『あなぐら』の所長なんて話、僕は聞いてないけど？」

「所長に就任したのは下手をすれば百年以上前の話だし、姿も見せないから、知らない研究員も多いと思いますよ。副所長、なんて言われてますけど、私が実質所長の仕事もしていますしね」

「百年以上……」

ノエルが人間ではなくハイ・エルフだと妙に実感した瞬間だった。ハイ・エルフはとても長命な種族だと聞く。数十年姿を見せなくとも、皆、何とも思わなかったのだろう。

黙り込むと、レナートが興味津々の様子で聞いてきた。

「所長、ご令嬢の屋敷にいるんですよね？　よかったら今度、こっちに顔を出すように言ってくれませんか？　猫でも喋れるなら問題ないですから。色々、話を聞きたいなあってずっと思っていたんですよ！」

「ノエルは罪もない精霊を平然と実験材料にするような男だけど、それでも来て欲しいのかい？」

「ええ、もちろん」

アルの質問に、レナートは一瞬も迷わなかった。

「この世は弱肉強食の世界ですからね！　私たちだって罪人を薬の材料や、呪文の依《よ》り代《しろ》に使ったりします。同じですよ」

同じと言い切るレナートを呆然と見つめる。

彼は輝くような笑顔で更に言い放った。

「あ、思い出した。確か所長ってハイ・エルフでしたよね！　知ってます？　ハイ・エルフって素材としても優れているんですよ。あれです。鯨《くじら》と一緒。捨てるところがない。ああ……所長、皮くらい剝《は》がさせてくれないかなあ。あと、歯の五本くらいもらえれば……あ、髪の毛も欲しいなあ。脱毛症によく効く薬が多分、作れると思うんだよなあ」

「……」

己が所属する場所の所長を、薬の原材料としてしか見ていない発言に、ある意味ノエルと似たもの同士だと思ってしまった。

啞然とする。

やっぱり『あなぐら』の魔法使いは、常人の頭では理解できない人たちばかりの集まりで間違いないし、できるだけ近づかないでおこうと私は思いを新たにした。

◇◇◇

結局、レナートからは有力な情報は得られなかった。

まず、精霊王からの呪いなんてものをかけられた前例がないのだ。

レナートはノエルを実際に見て調べたいと言っていたが、ノエルが頷くかは分からない。

それに、猫になる呪いなんて特殊なものを解呪する方法にも心当たりはないらしい。

「せっかく『あなぐら』まで来たのに、意味はなかったですね」

屋敷に戻ろうと思ったが、アルについてくるよう言われ、私は彼と共に王族居住区へと向かっていた。

王族居住区のキラキラした壁や天井、そして置かれている美術品の数々を見て、なんだかホッとしてしまう。いつも見ている王城の違う姿に、やはり私も随分と緊張していたのだろう。身体から力が抜けたことに気づいたアルが、気遣わしげに顔を覗《のぞ》き込んできた。

「リリ、大丈夫?」

「……はい。気が抜けただけですから、平気です。ところでアル。どちらへ向かっているのですか?」

最初はアルの部屋へ向かっていると思ったのだが、道が違う。覚えのない場所を歩いているアルに思い切って聞いてみると、アルはあっさりと答えてくれた。

「うん、ウィルの部屋」

「えっ……ウィルフレッド殿下の？」

「そう。結局、あいつが今回の件については一番詳しいって思うからね。――ゲームの話はさておき、ウィルの話には無視できないものがいくつもある。君もそれは分かるよね？」

「はい」

アルが真剣な顔で前を見る。

「僕は今だってウィルの話を、『馬鹿げたこと』だと思っている。この世界がゲームだなんて到底受け入れられないからね。だけど、全部を『違う』と言い切ることもできないんだ。だって、ウィルはあまりにも知りすぎているから」

「……はい」

それは私も思っていた。ウィルフレッド王子は、ノエルの真実を知っていた。

ノエルが大魔法使いノエルで、そして精霊王の怒りを買ったなんて、誰も知らないはずなのに、彼は当たり前という顔で答えたのだ。

「だから、ゲーム云々《うんぬん》は置いておくにしても、ウィルの話をもっと真剣に聞くべきだと思うんだ。もちろん全部を信じるわけじゃないけど、今の僕たちには呪いを解くヒントが何一つない。参考になる話が聞き出せるかもしれない」

「そう……ですね」

アルの話は至極尤《もっと》もで、同意することができた。

そのまま二人でウィルフレッド王子の部屋に向かう。

部屋の扉を開けたウィルフレッド王子は、私たちの顔を見て驚いた様子だったが、黙って中に入れてくれた。

「適当に座ってくれ」

「え、えと……」

その言葉に、どうしようと思わずアルを見る。

ウィルフレッド王子の部屋は、アルの部屋とは全く違っていた。

まるで子供のプレイングルームのような、そんな印象。

客を迎えられるようなソファなどはなく、その代わり、一段高い場所を設け、毛足の長いふかふかの絨毯と、その上にたくさんのクッションを重ねている。

カードゲーム用の台などが置かれているが、執務机などはない。椅子と呼べるようなものは大きな暖炉の前にある肘掛け椅子だけだった。だがまさか、部屋で唯一の椅子に、私が腰掛けるわけにもいかない。

どうすればいいか迷っていると、ウィルフレッド王子が私の様子に気がついた。

「あー……ごめんな。あんまり人を入れることがないからさ。そこ、一段高くなってるだろ。靴を脱いで上がって、適当に寛いでくれ」

「靴を脱ぐ？」

自分としてはあり得ない話に目を見張る。もう一度、アルに視線を送ると、彼は仕方ないと頷いた。

「郷に入《い》っては郷に従えって言うからね。ウィルがそうしろって言うのならそうしようか。ほら、リリ、おいで」

「は、はい……」

まずアルが靴を脱ぎ、クッションが敷き詰められた場所へと上る。私も怖々ではあるが履いていた靴を脱ぎ、アルに続いた。足に当たる絨毯の感触は柔らかくて気持ち良く、靴を履いていないせいか、なんだか解放された気分に感じてしまう。

「不思議な感触ですね……」

「悪くないだろ」

言いながら、ウィルフレッド王子も上がってくる。絨毯の上に直接座るというのは初体験だったが、意外と好きな感じと思えた。敷き詰められたクッションが背中に当たる。柔らかくて気持ちいい。

私たちが落ち着いたことを確認し、ウィルフレッド王子が問いかけてきた。

「で？　わざわざ二人で訪ねてきて何の話って……ま、ノエルの話しかないよな。でも昨日もリズ・ベルトランに言ったけど、呪いの解き方なんてマジで覚えてないんだよ」

ウィルの言葉にアルは頷いた。

「そうか。でも、こちらとしても手詰まり状態なんだ。現状、一番情報を持っているのはお前のようだからね、何かヒントになることでもと思って来たというわけさ」

「兄上の頼みなら聞いてやりたいけど……ヒント、ヒントねえ……ノエルルート、どうだったかなー。特殊なアイテムを使ったとか、そういうのはなかったような気がするけど」

うろ覚えの記憶を必死で思い出そうとするかのようにウィルフレッド王子は難しい顔をした。アルがウィルフレッド王子の独り言に反応する。

「へえ？　何もアイテムを使わないのかい？　じゃあ、自然治癒とか？」

アルの言葉に、ウィルフレッド王子はふるふると首を横に振った。

「いや、そういうのでもなかったと思う。あー……なんかさ、ヒロインがキスしたら呪いが解けたとか、そんな感じ？　でもこの場合だとキスするのはリズ・ベルトランになるのか？　だって飼い主だし、ルート入ってるっぽいのはあんただから。ん？　あれ、これ別のゲームだっけ？　やっぱり自信がなくなってきたぞ」

「は？　キス、だって？」

低い声が聞こえ、思わず隣を見ると、アルがとても怖い顔でウィルフレッド王子を見ていた。

「ア、アル？」

「ねえ、ウィル。もう一度僕に聞かせてくれないかな。誰が、誰にキスすれば呪いが解けるって？」

「え、だからリズ・ベルトランがノエルにって……兄上、顔怖い！　怖いって！」

兄の顔を見たウィルフレッド王子が頬を引き攣らせる。無意識なのだろうが、見事に腰が退《ひ》けていた。

アルが恐ろしい形相のままにこりと笑う。

「うん？　だってね。お前があまりにも馬鹿なことを言うものだからさ。お前も分かっているよね？

リリは僕のだよ？」

アルの言葉に、ウィルフレッド王子は高速で何度も頷いた。

「分かってる！　分かってるから！　それに多分それは別のゲームで……って、あ、思い出した」

突然動きを止め、ウィルフレッド王子は目を瞬かせた。そうして私たちの顔を見つめてくる。

「ノエルは、主人公とくっつくことで呪いが解けたんだよ！　ほら、あれだ……真実の愛、だったかな。それをノエルが理解したから精霊王の呪いが解けたとか、そんな展開だった気がする！　いや、そうだった！」

「真実の愛？」

胡散《う　さん》臭そうな顔をするアルに、ウィルフレッド王子は妙にすっきりとした様子で言った。

「ノエルには絶対に芽生えないものと精霊王が考えていたのがそれだったんだ。真実の愛を学んだノエルはその後は無為に精霊を殺すような真似はしなくなったし、反省もした。精霊王もそれでノエルを許したんだ。真実の愛を学んだのならもういいって。そうだ、そうだ。そんな話だった」

立て板に水のごとく話し続けるウィルフレッド王子。

私たちはそんな彼をポカンと見つめていたが、やがて、アルが言った。

「真実の愛って……ノエルには相手がいないじゃないか。どうするんだ」

尤もすぎる質問に、ウィルフレッド王子は真顔で答えた。

「普通ならヒロイン――クロエだけど、今ならリズ・ベルトラン？　って……ああ！　分かってる、兄上！　リズ・ベルトランは兄上のだよな！　えと、だから相手がいないってことになるな！」

アルに睨まれたウィルフレッド王子が慌てて否定する。

しばらく弟を睨んでいたアルだったが、気を取り直したように言った。

「で？　相手がいないと分かったところでどうすればいいんだ」

「オレが知るかよ。でも呪いが解ける条件はノエルが『真実の愛を知ること』で間違いない。まあ、だからノエルが誰かを本気で好きになればいいんじゃないかなあ。両想いにならないと駄目かどうかはさすがに分かんねえ。オレの知ってる話では、ノエルはクロエと結ばれたけど、『両想いにならないといけない』という条件だったかは書いてなかったからな……」

「そうか」

「とにもかくにも、まずはノエルに好きな人を作ってもらわなければ始まらないってわけ。普通だったら、ノエルを拾ったリズ・ベルトランが相手役になるんだけど……って、冗談！　冗談だから！」

アルがピクリと眉を動かした。それを見たウィルフレッド王子が蒼白になる。

「ウィル、僕はしつこい男が嫌いなんだ。その手の冗談を二度と言うな。分かったね？」

「分かったってば……ほんと、兄上はリズ・ベルトランのことになると怖いなあ。バッドエンドのヤンデレエンドを思い出すんだけど」

「お前の言っていることは本当に分からない。全部が嘘ではないことは理解したが……しかし、気が重いな。あのノエルに『愛』か。確かにこれなら精霊たちも『好きにすればいい』と言うはずだよ」

その言葉には私も深く同意した。

ノエルのことが嫌いで仕方のないノワールが、どうして呪いを解くことを認める発言をしたのかずっと疑問だったのだ。だけどこの条件なら頷ける。

ウィルフレッド王子がやけに感慨深げに言った。

「でも、真実の愛、かあ。ちょっと前までは笑うしかなかったけど、今のオレなら少し考えてしまうかもしれないな」

「ウィル？」

アルが吃驚したようにウィルフレッド王子を見た。私も思わず彼を凝視する。

あのウィルフレッド王子が愛について考える？

一体どういった風の吹き回しなのだろうと思っていると、私たちの視線に気づいたウィルフレッド王子は気まずそうに笑った。

「いやさ……この前、オレ、クロエにガツンと言われて、兄上にも諭《さと》されて、ずっと考えてたんだよ。オレはこの世界をゲームだと思っていて、生きているという実感なんてどこにもなかった。だってさ、ゲーム通りの選択をすれば、狙ったキャラは落ちるし、知っている通りに話は流れる。現実なら普通にあり得ないだろう？　だからそう思ってたんだけど――」

話を区切り、ウィルフレッド王子は近くにあった緑色の四角いクッションを抱き締めた。

「いざ、始まってみたら、全然違った。兄上は悪役令嬢と恋人になってるし、悪役令嬢は悪役令嬢ではなくなってる。クロエもオレが知っているクロエとは違うんだ。知っている選択肢を答えても、彼女のオレに対する好感度は上がらない。どうしてだって、どんどん意地になっていった」

抱き締めていたクッションに顔を埋め、ウィルフレッド王子は悔しげに言った。

「意地になっているのは分かっていても止められなかった。そうして、ついにクロエに言われたんだ。『あなたは私を見ていない』って。何を言ってるんだって思ったよ。でも……よく考えたら確かにその通りなんだよな」

「……ウィル」

「オレはオレの知っているクロエに現実のクロエを重ね合わせていた。そして知っている通りの反応を返してくれないことに苛立っていた。兄上がせっかく忠告してくれたのに、現実にいるクロエのことを知ろうともしなかった。そんなオレに彼女が怒るのは当然なんだって、ようやく分かった」

ウィルフレッド王子が顔を上げる。その目が潤んでいるように見えるのは気のせいだろうか。

いや、きっと気のせいではないはずだ。

「オレ、生きてるんだよな。この世界に。ゲームなんかじゃない。オレはここに生きて……そしていつかは死んでいくんだよな」

「……その通りだよ、ウィル」

ウィルフレッド王子の言葉をアルは力強く肯定した。

「僕たちは、今、ここに生きている。そのことに、ようやく気づいてくれたようだね」

「兄上」

ウィルフレッド王子が何度も頷いた。そして私に目を向ける。

「リズ・ベルトラン」

「は、はい」

ここに来て、私に話を振られるとは思わなかった。

驚きつつも返事をすると、彼は言いづらそうに、でも決意を込めた目をしてはっきりと言った。

「オレ、クロエに謝りたいって思ってるんだ。彼女にはたくさん迷惑を掛けたからさ。目を覚まさせてくれたのは彼女だし、お礼を言いたいって。だけど、こんなオレにクロエはもう会いたくないって思ってるよな」

「そんな！　クロエも言いすぎたから謝りたいって言っていました！」

慌てて告げた。

ウィルフレッド王子が真偽を確かめるように私を見てくる。それに大きく頷いた。

「つい先日、クロエに会いましたけど、そう言っていました。できればウィルフレッド殿下に謝りたいと。だから会いたくないなんて言わないと思います」

「本当に？　それなら是非クロエに会いたいけど……リズ・ベルトラン、悪いがオレとクロエが会う段取りを組んでもらえないか？　友達のあんたが言うことなら、彼女も素直に頷いてくれると思うし。あと、その席には同席してもらえると嬉しい。その……二人きりで会うなんて言ったら、彼女はきっと警戒すると思うから」

「もちろんです」

クロエのことを思い遣《や》ってくれる発言を嬉しく思いつつ、私は確認を求めるようにアルを見た。

ウィルフレッド王子からの依頼という形にはなるだろうが、婚約者であるアルに話を通さないまま進めるのはよくないと思ったのだ。

私の視線を受け、アルは苦笑した。

「……いいよ。リリには面倒を掛けるけど、同席してやって。ウィルが心根を入れ替えたということなら、僕も応援してやりたいって思うしね。迷惑を掛けた人に謝るというのは正しい行いだ」

「はい。——それではウィルフレッド殿下、近いうち、アルを通して連絡いたします。よろしいでしょうか？」

「ああ、それでいい。助かった」

憑《つ》き物が落ちたかのように笑うウィルフレッド王子。その笑顔を見て、彼は本当に反省したのだと信じることができた。彼が真実謝罪すれば、クロエはきっと喜んで許すだろう。私の友達は優しい人だし、人の心からの謝罪をはねつけるような女性ではないからだ。

アルがウィルフレッド王子の部屋に置かれていた時計を見ながら私に言った。

「リリ、そろそろ君の屋敷に戻ろうか。ノエルにも今の話をしなければならないしね。……その場には僕も同席したいから」

「分かりました」

ここまで関わってもらって、最後に仲間はずれにするような真似できるはずがない。

ウィルフレッド王子に別れを告げ、アルが待機するよう命じていた馬車に乗り込む。

屋敷まではそんなにかからないが、少しでも息をつける時間があるのが嬉しかった。

「なんだか……怒濤ですね」

昨日、私が精霊契約に成功してから、ずっと全力疾走し続けているような感覚だ。

疲れたように笑うと、隣に座ったアルも同意した。

「本当だね。僕の予定では、精霊契約も無事終わり、結婚が確定した愛しい婚約者と二人きりでお茶でも楽しみたい、と思っていたんだけどね？」

「申し訳ありません……私がノエルを拾ってしまったばっかりに」

結局、私がノエルを拾ったことが今回の騒動の始まりだったのだ。

彼を拾わなければ、私は問題なく精霊契約を成功させただろうし、そうしたら余計な不安も感じずに済んだ。

だけど、それは言っても仕方のないこと。

怪我をしている猫を見過ごすことなど私にはできないし、見つければ絶対に拾うという選択しかない。いくら考えても、その行動は変えられない。

それに、ノエルのおかげで助かったことだってある。破落戸から逃げおおせられたのは間違いなくノエルがいたから。彼が助けてくれなければ今頃私はどうなっていたか。想像するのも恐ろしい。

色々あったが、その件に関してだけは、本当に感謝するしかないのだ。

ふるりと震えていると、アルが腰を抱き寄せてきた。まるで私の考えていることが分かっているかのように口を開く。

「君の無事には変えられないよ。だから、謝る必要なんてない。それに僕だって、今更君がノエルを見捨てるとは思っていないからね。僕が好きになった君だよ？　そんなことできるはずがないじゃないか」

優しい言葉がどうしようもなく嬉しかった。だから私はお礼の言葉を紡ぐ。

「……ありがとうございます」

「あれ？　本気にとってくれてない？　僕はいつだって真剣なのに」

おどけたように言うアルの表情はどこまでも優しい。

心配させてしまったなと反省し、笑顔を作った。

考えても仕方ない。『もし』なんて言っても始まらないのだ。

気持ちを切り替える。今から私たちがしなければならないのは、彼の呪いを解くこと。

呪いを解いて、ノエルとお別れする。

真実の愛、なんて微妙すぎる解呪方法だが、方法が分かっただけ良かったと思おう。

私はアルの肩に頭を預けながら彼に言った。

「アルが本気で言って下さっているのは分かっています」

「そう？　それならいいんだけど。――――でも、ねえ？」

「？」

ゆっくりと紡がれた「でも」の言葉が気になり、アルに預けていた身体を起こす。彼の顔を見ると、アルは私と視線を合わせてきた。

「リリ。一つだけ言わせて。ノエルは真実の愛で元に戻ることができる。でも君は、君だけはその相手になっちゃ駄目だからね」

「えっ……何を……」

パチパチと目を瞬かせる。アルが何を言ったのか分からなかった。

――私がノエルの相手になる？

普通にあり得ない。

驚きのあまり目を見開いていると、アルは苛立たしげに言った。

「君が僕のことを思ってくれているのは分かっている。だけどね、理屈じゃないんだ。ウィルは言っていたよね。本来はその相手はヒロイン――つまりカーライル嬢だったけれども、ノエルを拾ったことで、その立ち位置は君になったたって」

「そ、そんな。私はただ……」

傷ついたノエルを見捨てられなかっただけ。私が好きなのはアルだけだし、ノエルに傾くようなことはないと断言できる。

「あ、あり得ませんよ」

「あいつが、ノエルが元に戻った姿、見たよね？　聞いていた以上の美男子だったと思うけど？」

「わ、私にはアルの方が素敵に見えています！」

嘘ではなかったので即答した。

確かにアルの言う通り、ハイ・エルフに戻ったノエルは息を呑むほどの美貌の持ち主だったと思う。だけど、それで彼に惚れるとは思わないで欲しいのだ。

――そ、そりゃ、アルに一目惚れした私が言っても何の説得力もないと思うけど。

お見合いの際、扉の隙間から覗いた時に見たアルに一目惚れした日のことは今も鮮明に覚えている。あれから私の運命の全てが変わったと言っていい。

どうしようもなかった私がアルのおかげで変わることができた。

いつも変わらない笑顔で私を導いてくれた。駄目な私に手を差し伸べてくれたのだ。

最初は一目惚れだったけれども、今は彼の全てが好きなのだと断言できる。

アルの代わりはどこにもいない。

アルは私の唯一無二の人なのだ。

「私は、アルだけが好きだから……！」

「うん、知ってるよ。……ごめんね」

「っ！」

アルの顔が近づいたと思った瞬間、唇が重なった。

柔らかな感触に、心臓が飛び跳ねる。

「ア、アル……」

真っ赤になってアルを凝視する。彼は困ったように微笑んだ。

「君の気持ちを疑ってるわけじゃないんだ。でも、ウィルにあんなことを言われるとね。特に、あいつの言うことの全部が嘘ってわけじゃないって知ってしまったから、余計に不安になるというか」

彼の言葉を聞き、「そうか」と腑《ふ》に落ちた。

アルが不安になった気持ちが、理解できてしまったからだ。

――そうだ。アルも……。

「……私と一緒、です」

アルの上衣の端をキュッと握った。

そうして自分の抱えていた気持ちを吐露する。

「私もずっと怖かった。クロエがヒロインだって聞いて。もし、アルが取られてしまったらどうしようって。そんなことあるはずがないって分かっているのに。ずっと、ずっと」

大好きなクロエ、大好きなアル。

二人の気持ちを疑ってなんていないのに、いつだって不安は私を苛んだ。真に結ばれるべきは私ではないかもしれないと思ってしまうと、猜疑心《さいぎしん》は膨らみ、泣きたくなった。

信じているのに、疑いを拭えない。

それが本当に嫌だった。

そしてそうなってしまった私を助けてくれたのは、やっぱりアルだったのだ。

今、アルがあの時の私と同じ不安を抱えているというのなら、今度は私が助けたい。

そんな風に思う。

「私が好きなのはアルだけです。確かにハイ・エルフに戻ったノエルはすごく綺麗で驚きましたけど、気持ちを揺らしたりなんてしません。私はアルがアルだから好きなのであって、その、外見だけではないというか……もちろん外見も好きですけど私はそれ以上に中身が――」

アルを何とか安心させようと言葉を尽くしているうちに訳が分からなくなってきた。

途方に暮れ、アルを見つめる。

彼はぷっと噴き出した。

「どうしてそんなに情けない顔をしているの。可愛らしい顔が台無しだよ?」

「だって……上手く伝えられないから」

私がアルを好きだという気持ちを、彼以外見ていないのだという心をどうにか知ってもらいたい。

なのに、言葉にするとどれもありきたりで、アルに納得してもらうには不十分すぎた。

それがとても悔しかった。

「……私、自分が情けないです」

「ああもう、可愛いな……!」

「きゃっ……」

思いきり抱き締められた。

予想しなかった動きに、一瞬、身体が硬直する。

「ア、アル……」

「……ありがとう。でも、初めて不安がっていた君の気持ちが心から理解できたような気がするよ。

すごく不安だったんだね。……察してあげられなくてごめん」

「そんな……」

アルは私を抱き締めたまま溜息を吐いた。

「こんなに不安になるものなんだね。君が僕を裏切るなんて思ってないのに、すごく嫌な気分にな

る。もし君を奪われるなんてことが本当にあったら……ちょっと自分がどうなるか自信がないね」

怒気を孕《はら》んだ声が恐ろしい。私はアルに必死で訴えた。

「う、奪われません」

「当たり前だよ。君は僕のものなんだから。可愛い可愛い僕のリリ。お願いだから僕以外に目を向けないで。僕だけを愛していて。でないと僕、何をするか本当に分からないからね？」

「わ、分かりました」

コクコクと首を縦に振る。

心配する必要なんてないとはもう言わない。だって、これ以上言っても仕方ないし、アルも分かっている。彼が欲しいのは肯定だけだ。

その気持ちは分かるから。

「リリ、僕の大切な人。君は精霊契約も済ませ、正式に僕と結婚する権利を得た。あとは婚約式を済ませさえすれば、婚約は履行され、破棄なんて話は絶対に起こらなくなる。君は僕の妻になるんだ。いいね？」

「はい」

念を押すような言葉に頷いた。

アルとこの先を生きて行くことは私の望み。だから考えるまでもない。

「……ほんと、僕たちは意外とウィルに振り回されているよね」

「そうですね。でも、助かった部分もありますから」

それを忘れてはいけない。

アルも「そうだね」と苦笑する。

「なんだかんだ言って、可愛い弟だしね」

「クロエと仲直り、上手くいくといいですね」

ちょっと困ったところはあるけれど、悪い人ではないのだ。これを機に、二人が仲直りしてくれるのなら、私としてもとても嬉しい。

クロエの悲しい顔を見るのは嫌だし、アルの弟であるウィルフレッド王子を悪く言うこともしたくない。

明るい未来を想像し、ニコニコとしていると、アルが溜息を吐いた。

「僕はそんなことより、これからノエルを見る度に攻撃したくならないかの方がよっぽど心配だよ」

「まさか」

「いや、僕も知らなかったんだけど、意外と僕って我慢が利かないらしくてさ。猫の姿であることを利用してリリに近づいているところでも見た日には、問答無用で潰したくなると思うんだよね」

冗談だと思ったのに、アルの顔はどこまでも真剣だった。

「えと、さすがにそんなことにはならないと思いますけど……」

「そうだといいよね。とりあえずは僕、ノエルに牽制《けんせい》はしておくつもりだから、リリもそれは分かっていてね」

「牽制、ですか？」

意味は分からなかったが、アルがそれで少しでも安心できるというのならすればいいと思う。

頷くと、私を抱き締めたまま、アルが髪を撫でてくる。柔らかな触れ方は心地よく、懐いてしまいそうだ。

だけど甘く囁かれた言葉に、私はまた固まることになった。

「そう、牽制。僕のものに手を出したら、殺すよってね」

「……」

アルって結構過激な人なのだろうか。

両想いになってからというもの、日々明らかになる彼の本性に、私は眩暈《めまい》を覚えつつも、それでも彼から離れたいとは思わないのだった。

◇◇◇

「あ、無理だね☆」

屋敷に戻ってきた私たちは、待っていたノエルとルークに、城であった出来事を語った。

ノエルは何を思ったのか、人の形を取っていた。

その状態で魔法を使ったり、激しく動いたりしなければ、三十分程度は保てるらしい。

二回目に見るノエルの姿も、やはり神々しいまでの美しさで息を呑んだが、すぐに頭を振って、気持ちを切り替えた。

私の隣にいたアルが、冷たい目で私を見ていたことに気づいたからという理由もある。

「み、見惚れてなんていませんから！」

「本当かな」

「ほ、本当です！」

こんなやり取りをしつつ、それぞれ部屋に置いてあるソファや椅子に好きに腰掛けたのだが、話を聞いたノエルは、眉を寄せてしまったと、そういうわけだった。

「『真実の愛』ねえ。あー、うん。確かにそれは私には絶対に解けない呪いだと思うよ。何せ私には、人を愛するという気持ちが分からないからね」

「分からない？」

それはどういう意味だろうと聞き返すと、ノエルはのんびりとした声で答えてくれた。その声すら美声すぎてものすごく驚く。

「女の子は可愛いと思うし、大好きだけどね。でもそれはただ欲を発散させたいだけ。恋愛感情なんてどこにもないんだ」

「……え」

「ゴシュジンサマ。君は私を何だと思っている？　同じ人間？　違うよね？　私はハイ・エルフだ。ハイ・エルフが、種族の違う人間に恋をすると本気で思うのかい？」

「それは――」

「同じ生殖器官があるから交わることはできるけど、根本的に私たちは違う生き物なんだ。考え方も寿命も、何もかもが違う。共に歩むことはできないし、できるとも思えないな」

あまりにもキッパリと告げられ、思わず言ってしまった。

「じゃ、じゃあ……同じハイ・エルフが相手なら？」

「ないね。私、実は捨て子でさ☆　親のハイ・エルフに捨てられて、それから一人で生きてるわけ。今更、他のハイ・エルフを仲間だなんて思えないし、見つけたら、それこそとっ捕まえて魔法の実験にでも使ってやるって思うね！」

キラキラとした笑顔で言い切られ、彼がどれほど仲間であるはずのハイ・エルフを恨んでいるかが分かってしまった。

何ということだろう。……詰んだ。

私が絶望を顔に張り付けていると、それを見たノエルが笑う。

「そんな泣きそうな顔をしないでよ。ゴシュジンサマ。私だって呪いは解きたいと思ってる。当たり前じゃないか。魔法の研究も自由にできない生活なんてごめんだよ」

「そう、そうよね」

「でも、真実の愛とか言われると、ちゃんちゃらおかしいって思うよね☆」

「……」

口では残念がっては見せているものの、ノエルはある意味呪いを解くことを諦めてしまっているように思えた。解きたくないわけではなく、自分には無理だと達観しているのだ。

「百歩譲って……恋愛感情を持てるとして……うーん……ハイ・エルフよりはそりゃさあ、人間の方がマシかもしれないけど……でもねえ。私の知っているまともそうな女性って……うーん、クロエは可愛い子だとは思うけど、それだけだし……あとはゴシュジンサマくらいなんだけど――」

「リリに手を出したら殺す」

「ダヨネ☆　アハハ。分かってる、分かってるヨ☆　私も、呪いが解けていない状態で君を敵に回したくないからね。しない、しない。ゴシュジンサマはゴシュジンサマだよ☆」

流れるように殺害予告をしたアルに、ノエルが顔を引き攣らせながら否定した。多分、アルが怖かったのだと思う。

でも確かにさっきのアルは私もゾクッとしたから、ノエルが怯えるのも無理はないのだろう。

ノエルが自らの顎を摑み、うーんと悩むような素振りをみせた。

「参ったなあ。本気で相手が思いつかないぞ☆　いっそ、私に効く惚れ薬でも開発して、適当な女の前で飲み干してみるというのはどうだろう？　なかなか悪くない案だと思うんだけど」

パチンと指を鳴らすノエルを睥睨《へいげい》したアルは、冷たく答えた。

「それでお前がいいと思うのなら勝手にすればいいよ。僕はリリにさえ手を出さなければ何も言わないから」

「徹底してるね、王子様。でも、そういう自分の大事な者以外を切り捨てるやり方は嫌いじゃない。さすが未来の国王陛下だ」

「僕はお前が嫌いだけどね」

「それは私がゴシュジンサマの飼い猫で、屋敷に住んで、四六時中ゴシュジンサマと一緒にいるからだろう？　ただの嫉妬じゃないか」

あっはっはと笑うノエルをアルは睨んだ。

「ただの嫉妬で何が悪い。そうだ。なんだったら城に来ればいい。僕は知らなかったけど、お前は『あなぐら』の所長なのだろう？　リリの屋敷に居座らなくても居場所なんていくらでもあるじゃないか」

アルの言葉を聞き、ノエルは目を瞬かせた。

「わー……。忘れてたような話を持ち出してきたぞー☆　それ、百年以上前の話だよ？　いくらなんでも別の所長がいるでしょう」

「とても残念な話だけど、副所長が所長は『大魔法使いノエル』だと言っていたよ」

「え、嘘。本当に？　もう何十年も行ってないのに。……あー、でも面倒だからいいや。今の食っちゃ寝できる隠居生活も悪くないって思ってるからさ」

「所長なら、『あなぐら』で研究し放題じゃないのか？」

言外に、『また精霊に手を出すのでは』という響きがあった。それを聞いたノエルが顔を顰《しか》める。

「あのねえ。君、私を快楽殺人者か何かと誤解してないかい？　私は必要があったから精霊を使っただけで、必要がなければそもそも関わったりしないよ。精霊が必要な研究はあらかた終わったし、今のところ、彼らを捕まえる必要はない。大体、この姿で何ができるって言うんだい」

「お前ならなんでもできるだろう」

「うわっ。ものすごい過大評価が来たぞ☆　いや、うん、無理だから。私は魔法さえ関わらなければ、基本無害だって思ってもらって間違いないから。理由がない限りは大人しいもんだよ」

「……理由がなければ、ね」

含みのある言葉に、ノエルは「もちろん」と頷いた。

「君たち人間だってそれは同じだろう？　理由がなければ平和を謳《うた》い、理由があれば、人間同士戦争を起こして同じ人でも平気で殺す。しかも、たくさん人を殺せば、英雄って呼ばれるらしいし？　おかしな話だよねえ。同族をたくさん殺したのに、責められるわけでなく、褒められるんだからさ。それに比べれば、私の方が随分とマシじゃないかな。こうやって、罰だって受けているわけだし？」

「……」

一瞬、ノエルの言うことに納得しかけてしまった。アルも思うところがあるのか、黙り込む。

微妙な空気になったところで、ノエルが大欠伸をした。

「ま、そういうことだから。現在平和主義な私は、ここで元気に猫になっているよ」

ポンッと煙が舞い、見慣れた猫の姿が現れる。

知らず、彼の空気に呑まれていたことに気づいたアルが舌打ちをし、猫になったノエルに言う。

「ああ、そうだ。言い忘れていたけど。その『あなぐら』の副所長から、皮とか髭とか爪とか色々お前から剝ぎ取りたいって伝言を預かっているよ。なんでもハイ・エルフは鯨と同じだそうで。どの部分も使えると、大変興奮していた」

「げっ」

ノエルが大変嫌そうな顔をする。

「確かに、素材として私はとても優秀かもしれないけど、使うなら私以外のハイ・エルフを選んで欲しいな！」

「そう言われても。僕も伝言を頼まれただけの身だからね。言いたければ自分で言いに行けばいい」

真顔のアルに、ノエルは乾いた声で答えた。

「わあ☆　素材になってこいって副音声が聞こえるぞ☆」

「ああ、聞こえたのか。それなら良かった」

「この王子様、黒っ！　私はこの国の未来が本気で心配だよ」

「お前に心配される故はない」

そこで意図的に話を区切り、アルは立ち上がった。

「くだらない話をしていたせいで、時間が来てしまった。僕は帰るよ。ノエル、一つ忠告しておく。リリに手を出したり、恋なんてしたりしたら、ただでは済まさないから。大魔法使いだろうがなんだろうが知るものか」

「わお☆　完全に脅しだね☆　でもまあいいよ。ゴシュジンサマにはお世話になっているしね。心に留めておこう」

「その世話というのも止めさせたいのだけどね」

ジロリとノエルを睨むアルだったが、ノエルは全く気にせず上機嫌に尻尾を立てた。

「ゴシュジンサマっていつも魔力を垂れ流しているところがあるから、魔力回復には最適な存在なんだよね。近くにいるだけで、魔力が回復している。自分に収まりきらない魔力が零れているような状態だって私は推察するけど、だからか彼女の側にいるのが一番回復が早いんだ。快適、快適☆」

「お前の都合など知るか」

「ほんと怖いな☆」

猫の姿で笑いながら、ノエルがアルから距離を取る。そうしてアルの手の届かない場所に行くと、のんびりと寛ぎ始めた。

「……ほんっと、いい性格してるよ。さすが『あなぐら』の所長」

悪態をつきながらアルがこちらにやってくる。私も座っていた椅子から立ち上がった。

「本人はまだ所長だったとは思っていなかったようですけどね」

「ま、数十年も姿を見せなければ、普通は解任されるものだしね。それだけノエルが優秀だったってことだよ。名前だけでも置いておきたかったということだと思う」

「アラン殿下、お時間は大丈夫ですか？」

話していると、ルークが気遣わしげにアルに尋ねてきた。それを聞き、アルが慌てたように言う。

「そうだ、そうだった。ごめんね、リリ。さすがにこれ以上はいられないから、今日は帰るよ。それと、ウィルとカーライル嬢の件、話が決まれば僕にも教えてくれるかな？　僕も時間を作って参加しようと思っているから」

「はい、もちろんです」

二人が揉《も》めた時、私では役に立てないと思うから、アルがいてくれるのは助かる。

ウィルフレッド王子がもしまた激昂してしまったとしたら、それを止められるのはアルだけだ。

「私からもお願いします。その、アル。今日は様子を見に来て下さってありがとうございました」

元は私を心配して来てくれたのだということを思い出し、お礼を言うと、アルは素早く私の額に口づけを落とした。

「可愛い婚約者が心配だからね。当たり前だよ。リリ、あの首輪があるから妙なことにはならないと思ってはいるけど、本当に気をつけてね。何かあったら、すぐに僕に連絡を入れて。分かった？」

「はい」

何もあるわけないと思ってはいるが、心配してくれるのは嬉しい。小さく笑みを浮かべていると、私たちのやり取りを見ていたルークが言った。

「最近、殿下のお嬢様に対する過保護が増していませんか？」

「ノエルなんていう異分子がいるからね。それも仕方ないだろう。ルーク、君だけが頼りだ。ノエルが妙なことをしていたら、容赦なく排除して構わないから。よろしく頼むよ」

アルの目が笑っていない。

紛れもなく本気で言っているのだと気づいたルークが姿勢を正す。ルークの顔は真顔だった。

「ご心配なく。お嬢様に畜生ごときを近づけさせる気はありませんから。私がしっかり見張っておくと約束します」

「助かるよ」

互いに頷き合った後、アルは足早に屋敷を出て行った。馬車を見送り、後ろについてきていたルークに尋ねる。

「ねえ、ルークとアルっていつの間にそんなに仲良くなったの？　前まではそこまではなかったような気がするけど」

今まで仲が悪かったとは言わないが、先ほどのアルは、明らかにルークを信頼しているように見えた。

不思議に思って首を傾げていると、ルークは笑顔で発言した。

「共通の敵がいることが分かったからでしょうか。ああ。そうだ。実はお嬢様が城に行かれている間に、改めて大魔法使いノエルについて書かれた書物を紐解《ひもと》いてみたのです。彼は本にまで書かれるくらいには女好きだそうで。恋愛感情がない分、質が悪いとも言えます。嫁入り前のお嬢様を傷物にするわけにはいきませんからね。あれが公爵家にいる間は、ひとときも目を離すつもりはありません。お嬢様はどうぞいつも通り安心して日々をお過ごし下さい」

「あ、ありがとう……」

そこまで警戒しなくてもと思ったが、私に文句を言える権利がないことは分かっていたので、有り難く礼を言っておくことにする。ルークがボソリと呟いた。

「まあ、殿下からいただいた首輪があるので、さほど心配はしていませんが」

「あの首輪ってそんなにすごいものだったの？」

驚きつつも聞いてみると、ルークは私を屋敷の中に戻るように促しながらも教えてくれた。

「ええ。あれは国宝の一つですよ。たとえ大魔法使いノエルであろうと、あの首輪をつけられれば、その所有者には絶対逆らえません。ですから、殿下は不本意ではあっても、ノエルをお嬢様に預けたままであることをお許しになられたのです」

「国宝⁉」

単なる赤い首輪にしか見えなかったあれが、まさかの国宝だと聞き、目を見開いた。

「そ、そんな大切なものをお借りしてよかったのかしら……」

「殿下がいいとおっしゃったのですから、お嬢様がお気になさる必要はありませんよ。大体、アレは殿下の精神安定剤のようなものです。アレをつけていれば、絶対にお嬢様は無事だという、ね。良かったですね。お嬢様。お嬢様は殿下に本当に大切にされていらっしゃいますよ」

「そ、そんなの分かっているわ……」

アルの笑顔が脳裏に浮かぶ。顔が勝手に赤くなった。

それを誤魔化すように言う。

「で、でもよくあの首輪が国宝だなんて知っていたわね」

「猫になっているとはいえ、いくらなんでも大魔法使いノエルに言うことを聞かせられるマジックアイテムなんてどう考えても稀少《きしょう》なものだと思いましたからね。調べました」

「そう」

「おかげで私も安心できます。もちろん殿下にお伝えした通り、基本、ノエルから目を離す気はありませんが、それでも首輪があるのとないのとでは全然違いますからね」

「そう……ね」

自分の我が儘でノエルを屋敷に置きたいと言っているのは分かっていたので、大人しく頷く。

本当に、アルにもルークにも迷惑を掛けているのだ。

二人が私のために骨を折ってくれていることが申し訳ない。

ルークが、私の顔を見ながら聞いてきた。

「で？　実際のところ、どうしてノエルを追い出さないんですか？　ノエルは本物の猫ではない。それなのに追い出さない理由は？　まさか本当に助けられたから、というだけではないでしょう？」

「え？　それが殆ど全てだけど……。あとはやっぱり、ずっと飼っていて情も湧いてしまったし、今更見捨てることなんてできないって思ったからよ」

色々気づいたし、反省もしたが、その部分は変わらない。

ノエルが昔、酷いことをしていたと理解していても、その性格が変わっていないと分かっていても、彼に助けられたこともまた事実なのだ。それを見なかったことにしたくはない。

「だって、ノエルがいなければ私は破落戸に襲われていたかもしれないし、屋敷を半壊させてアルを怪我させてしまっていたかもしれないのよ？　そんな恩人をあなたなら追い出したりできるの？　私には無理だわ」

「お嬢様……」

「それに、今のノエルはそんなに危険人物にも見えないし……」

ノエルの話を聞いて思ったのだ。彼がしていたのはとても酷いことだし許せないことだが、理由もなく恐ろしいことをしたりはしない人なのだと。だから今は大丈夫なのではないかと告げると、ルークは信じられないようなものを見る目で私を見た。

「はあ……」

「な、何よ。何かおかしい？」

「いえ……」

深い深い溜息を吐き、ルークは重々しい声で言った。

「そうですね。お嬢様ってそういう人でしたね。良くも悪くもとても素直で、人のことを疑わなくて……ええ、分かっていましたとも」

「ルーク？」

ルークを窺う。彼は仕方ないといわんばかりの顔で私を見てきた。

「でも、お嬢様、分かっていますか？　今の台詞、殿下と婚約なさる前のお嬢様なら絶対に言わなかったと思いますよ？」

「そんなこと言われても……」

そう言いつつも、ルークの言っていることは当たっているかもしれないと思っていた。

「これも、アラン殿下効果ですか？　しかし私は最近不安になってきましたよ。お嬢様がこれ以上素直になって、そのうち誰かに騙《だま》されても『騙すよりいいじゃない』と笑って許してしまいそうな気がするんです」

「そ、そんなことしないわよ！」

「本当ですか？」

「た、多分？」

ちょっと自信がなくなってきた。

だって、自分が騙される方が騙すよりは気持ちが楽だと思うから。

私の考えを読み取ったのか、ルークがこれ見よがしな溜息を吐いた。

「……やっぱりお嬢様には私がついていないと駄目ですね。分かりました。お嬢様が結婚なさったらこの先どうしようかと思っていたのですけど、仕方ありませんからついて行ってあげます」

「あ、当たり前だわ！　ルークには一緒に来てもらわないと！」

慌ててルークの袖口を摑んだ。

ルークは私のもの。私だけの専属執事。

だから、当然私が結婚するなら、同じように城に来てくれるものと思い込んでいたのだ。

それが、そうではなかったかもと言われ、突然怖くなった。

「……っ、ついてきてくれるわよね？　来ないとか許さないわよ？」

「もうお一人でも大丈夫かと思っていましたが、先ほどの言動で大変不安になりましたので、何を言われてもついて行くことにしました。将来の王太子妃が騙されやすいようでは国が困りますからね」

「もう……！　私、アルを困らせるようなことはしないわ！」

ぽかぽかとルークを叩く。

だけど同時にホッとしていた。

──ルークがついてきてくれる。

それだけのことが、どうしようもなく私を安堵させていた。

彼の存在が自分にとってどれほど大きかったのか、改めて知った気分だ。

──ルークがついていてくれるのなら、少しくらい騙されやすくなっても、まあ、いいのかしら。

これをルークが聞けば「いいわけないでしょう」と怒るとは思うし、駄目だとは分かっているのだが、つい、思ってしまった。

「ルークがいないと困るんだから。一緒にいてくれなくちゃ駄目よ」

「ええ、お嬢様。もちろんですとも」

念を押すと、望んだ答えが返ってきた。その返事に満足した私は、足取りも軽く、自分の部屋へと戻った。

◇◇◇

ウィルフレッド王子からクロエと会えるよう取り持って欲しいと頼まれた私は、早速彼女と会い、その意向を伝えた。

場所は、伯爵邸だ。

孤児院に行っても確実に会えるとは限らないし、きちんと連絡を取りたい時は、屋敷に訪問する旨を伝える手紙を先に送る方が確実。

話があると手紙に書くと、すぐにクロエは訪問可能な日時を書いた返事をくれた。私はその日に、彼女を訪ねたというわけだった。

彼女の部屋に通される。

窓際に置かれた小さなテーブルにはすでにお茶の準備が整えられていた。

着席し、少し茶菓子を楽しんでから私はクロエに話を切り出した。

「実はね――」

そうして、ウィルフレッド王子の伝言を彼女に余すところなく伝えた。

最初は驚いていた様子のクロエだったが、やがて真剣な顔になり、最後には深く頷いていた。

「ありがとう。ウィルフレッド殿下のこと、教えてくれて」

ウィルフレッド王子の件はクロエもかなり気にしていたようで、向こうが謝りたいと言っていることを告げると、「私もお会いしたいわ」と積極的な答えが返ってきた。

「いいの？　無理しなくてもいいんだけど」

無理強いをする気はない。そう伝えたが、クロエは首を横に振った。

「無理なんてしてない。だって、本当に我ながら失礼な発言だったと思うもの。確かにあの時はかなり追い詰められていたけれども、国の第二王子である方に言っていい言葉ではなかったわ。私、反省しているの。謝る機会があるのなら謝りたい」

彼女の目は嘘を吐いていなかった。

「そう。それなら、ウィルフレッド殿下と会えるように手配するわね。その席には私とアルも同席することになると思うのだけど、どうかしら？」

もしクロエが嫌だと言うのなら、遠慮しよう。

そう思っていたのだが、クロエは私の両手を握って喜んだ。

「そうしてくれると嬉しいわ。二人きりで会うというのはその……まだ心の準備ができていなくって」

ウィルフレッド王子の考えは当たっていたということだ。

「分かったわ。じゃ、当日は私たちも参加させてもらうわね」

クロエが喜んでくれるのなら否《いな》やはない。

そうして、話が一段落ついたところで、私は「あのね」と切り出した。

「私、やっと精霊契約をすることができたの」

クロエには精霊契約ができなかったことを前回伝えている。成功したのなら教えないと、と思っていたのだ。

私の話を聞いたクロエはポカンと口を開け、それからすぐに満面の笑みを浮かべると私に飛びついてきた。

「おめでとう‼」

「きゃあっ！」

危うく椅子ごと後ろに倒れてしまうところだった。だけどクロエが、私が契約できたことを心から喜んでくれているのはヒシヒシと伝わってきたので、怒る気にはなれない。

クロエは私をギュウギュウに抱き締めると、「良かった……本当に良かった！」と何度も涙声で言った。

「クロエ……その、心配掛けたわ。私はもう大丈夫だから」

「当事者のあなたが一番辛かったと思うもの。本当に良かったわ。その……どんな精霊か聞いてもいい？」

「闇の上級精霊なの。ノワールっていうんだけど」

自身の契約精霊について教えると、クロエは目を輝かせた。

「上級精霊！　すごい！　やっぱりリリはすごいわね！」

「何を言っているの。クロエだって光の上級精霊と契約しているでしょう」

「でも……なんていうか、すごいっていう言葉しか出てこないの！」

彼女が本心から言っているのが分かるから、嫌みだとは思わない。

だけどあまりのテンションの上昇ぶりに驚いてしまう。クロエは目尻に浮かんだ涙を拭いながら言った。

「だって、本当に嬉しくて。リリがどれだけアラン殿下をお慕いしているのか知っていたから、私、絶対二人には幸せになって欲しいって思っていたの。契約できて本当に良かったわね」

「クロエ……」

私までじんときてしまった。

「ありがとう……」

「私は何もしていないわ。でも、リリの願いが叶《かな》ったのは本当に嬉しいの。これで殿下との結婚は本決まりなのよね？　また別の条件……なんて話にはならないのよね？」

心配そうに尋ねてくるクロエに頷いた。

「ならないわ。その……もう婚約破棄とか、そういう可能性はなくなったと思う」

「そう、良かった」

安堵の表情を見せてくれる友人の存在が嬉しい。

あとはいつも通りの何でもない話をし、彼女の屋敷を後にした。

◇◇◇

それから数日後、私は城でアルと会い、彼と相談しながら二人が会う場所を決めた。

開放感のある場所がいいのではないかというアルの提案を受け、私は、私の屋敷の中庭を使ってはどうかと彼に言った。

「君の屋敷？」

「はい。城だとクロエが緊張するでしょうし、クロエの屋敷では今度は伯爵様の目が気になります。その点、我が家ならウィルフレッド殿下が来られても不審には思われませんし、警備の面でも安心していただけると思うのですが」

私とアルが婚約していることは、もはや国中が知っている事実。

そのアルと一緒にウィルフレッド王子が来ても、誰も不思議には思わないから余計な噂は立たない。私がクロエと友人であることも最近は知られ始めているから、それについても特に問題はないと思う。

そして何より、うちは公爵家なのだ。私兵はもちろんたくさん置いているし、質も良い。警備の面で不足はないはず。

少し考えた後、アルは頷いた。

「そうだね。それなら君の屋敷を借りようかな。僕から公爵にお願いの手紙を書くよ」

「私もお父様にお願いします。……その、もちろん詳細は教えられませんけど、これは友達のためだからって」

そうして、アルの手紙を受け取り、私の話を聞いた父は、二つ返事で屋敷の中庭の使用を許可してくれた。私が友人のために何かするというのが父には嬉しかったらしい。

そして当日――――。

私はクロエを。アルはウィルフレッド王子を連れて、屋敷の中庭に集まった。

うちの中庭は、ユーゴ兄様がこだわりにこだわったせいで、ちょっとすごいことになっている。

兄様の美的感覚に合わせた庭の景観は美しく完璧だ。庭を眺めることができる一番良い場所には白いテーブルと自然色のソファが置かれていて、お茶会ができるようになっている。そのソファとテーブルも兄が隣国から取り寄せた特別な逸品で、まさか使用許可を出してくれるとは思いもしなかった。

『美しいお前たちには、やはり美しい家具が似合うと思うからね。あ、もちろん邪魔をする気はないけど、部屋から眺めるくらいは許して欲しいな！　ああ、創作意欲がかき立てられる！　久しぶりに筆を取ろうかな』

そんなことを言っていたなと思い出し、思わず兄の部屋がある辺りに視線を移してしまったが、そういえば兄は、今日は留守にしているのだった。

「リリ、どうしたの？」

挙動不審な行動を取っていた私に気づいたのか、クロエが尋ねてくる。私はなんでもないと首を横に振った。

「身内のことを考えていただけだから気にしないで。それよりクロエ、今日のドレス、とても素敵だわ」

「嬉しい。ありがとう。でも、リリもとっても可愛いと思うわ」

クロエが嬉しげに微笑む。

彼女が着ていたのは、ベビーピンクの可愛らしいドレスだった。私やアル、そしてウィルフレッド王子と会うと聞いたクロエの父伯爵が急いで誂えてくれたようだ。ふんわりとした雰囲気がクロエにぴったり嵌まっている。

私はといえば、今日は、黒のドレスだ。黒は力強いイメージがあるのでずっと避けていたのだが、元々好きな色だということもあり、新しく仕立てたのだ。

専属のデザイナーにはできるだけ上品に仕上げてくれと頼んだ。落ち着いた印象ではあるが、袖や襟には飾り紐やレースが使われており、遊び心もある。白と黒の組み合わせは大好きなので、できあがったこのドレスはとても気に入っていた。

「ありがとう。アルも気に入ってくださるといいのだけれど」

本音をチラリと零すと、クロエはクスクスと笑った。

「気にする必要はないと思うわ。だって殿下ってば、さっきからずっとあなたを見ていらっしゃるじゃない」

「そうだと嬉しいけど」

「あら、嘘なんて吐かないわ」

気心の知れた友人とのお喋りは、緊張を和らげる。最初はかなり緊張していた様子のクロエだったが、私と軽口を叩いているうちに、随分とリラックスしてきたようだ。

少し離れた場所には、こちらを窺っているウィルフレッド王子と、彼を呆れたような顔で見ているアルがいる。

二人は今日も双子らしく、お揃いの格好をしていた。とはいっても、全部同じというわけではない。デザインはほぼ同じだが、アルはクリーム色。ウィルフレッド王子はダークレッドを基調とした上衣を羽織っている。アルには私とお揃いの蝶のブローチがついている分、華やかに見えた。

――アル、今日も素敵。

私の王子様は、いつ見ても麗しく、彼と婚約できた喜びを噛みしめてしまう。

私の視線に気づいたのか、アルがこちらに目を向けた。

「リリ」

名前を呼ばれたと思っていると、アルが両手を広げて私を誘った。

「おいで」

「っ！」

柔らかな甘い響きに嬉しくなって駆け出す。広げられた腕の中に飛び込むと、アルは私をしっかりと受け止めてくれた。

「今日も可愛いね、リリ」

「アルもとっても素敵です」

顔を上げ、アルの目を見つめる。今日も彼の赤い目は甘く蕩《とろ》けていた。

「黒のドレスなんて初めて見たよ。とてもよく似合っているね」

「本当ですか、嬉しいです。黒はお気に入りの色なんです」

「大人っぽく見えたからドキッとしちゃったよ。もういつでも僕のお嫁さんになれるね？」

「そんな……」

お世辞だということは分かっていたが、嬉しくなってしまう。

照れ隠しに俯くと、抱き締める力が強くなった。耳元に熱い息がかかる。

「照れてるの？　可愛いね、リリ」

「……兄上、いい加減にしてくれないか？　今日が何のための集まりか、全然分かってないだろう」

どこかうんざりしたようなウィルフレッド王子の声が聞こえ、我に返った。

アルはといえば、不満げな声でウィルフレッド王子に文句を言っている。

「うるさいな。分かっているに決まっているだろう。それとこれとは別。リリがせっかく可愛い格好をしてきてくれたんだ。褒めないなんて選択は僕にはないんだよ」

「じゃあ、そのあとの糖分過度なやり取りはいらないだろ」

「糖分？　お前は一体何を言っているんだい？　僕は普通にリリと話していただけだよ」

きっぱりと言い切ったアルをウィルフレッド王子は絶望の表情で見つめた。

「……自覚のないタイプだ。一番質が悪いタイプだ……いや、分かってた、兄上が溺愛キャラだって分かってたけど……ええ？」

「なんだ、文句があるのか」

「ないけど……ないけど！」

「ア、アル、離して下さい」

アルに呼ばれて、反射的に飛びついてしまったが、ここにはクロエもいる――というか、今日は彼女とウィルフレッド王子がメインで私たちはただ同席を頼まれただけなのだ。それなのに、私たちがこれではクロエたちにあまりにも申し訳ない。

「ご、ごめんなさい、クロエ」

渋々離してくれたアルから離れ、クロエのところに戻ると、彼女は笑みを浮かべて言った。

「全然気にしなくていいのに。むしろ素敵なやり取りに、最後の緊張が解《ほぐ》れていったみたい。あなたのおかげだわ」

「本当にそうだったらいいんだけど」

「……クロエ・カーライル嬢」

硬い声が響いた。

慌てて振り返ると、いつの間にかすぐ側にウィルフレッド王子が立っていた。

以前は『クロエ』と呼び捨てにしていた彼が、きちんとクロエを呼んだことに驚きを禁じ得ない。

だが、それにより彼が本気で反省しているのだと分かった。

その変化を嬉しく思いつつ、私はクロエに言った。

「私、向こうにいるから……」

ここは空気を読むところだ。私はクロエの返事を待たず、さっとその場を離れた。

とはいっても、二人とは数メートルも離れていない。何かあった時は介入して欲しいと頼まれていることもあり、あまり遠くへ行くつもりは最初からなかった。

アルも私の側にやってくる。

「……」

「……」

クロエとウィルフレッド王子、二人の間に重い沈黙が流れている。

二人とも何から話せばいいのか分からないと、そんな感じだ。互いに距離を測りかねているというか、このままでは埒《らち》があかないというのはよく分かった。

「あー……その」

「えと……私」

二人とも目を合わさず、それでもなんとかしようと頑張っている。それは分かったが、これではいつまで経《た》っても話が進まない。

いきなり謝罪するのが難しいと言うのなら、まずは何気ない会話から始めてみてはどうだろうか。

そう考えた私は、いつまでも動かない二人――実際はクロエに声を掛けた。

「とりあえず、関係のないところから話してみれば？」

「えっ、そう言われても……何を話せばいいの？」

「ええ？　何をって……最近気になっていること、とか？」

適当に答えると、クロエに睨まれた。緊張が解れたとはいっても、やはり彼女もいっぱいいっぱいなのだろう。

「適当ね。でも……何かあったかしら？　私が最近ずっと心配していたのはリリのことだけど、それも解決したし――」

クロエの言っているのは精霊契約のことだろう。少し考えていた様子のクロエだったが、やがてポンと手を打った。

「その……ウィルフレッド殿下の契約精霊ってどんな精霊なんですか？」

「え？　契約精霊？　オレの？」

「はい。そういえば聞いたことがなかったなと思いまして」

クロエの言葉に、ウィルフレッド王子は渋い顔をした。

「……オレ、そんな基本的な話すらしてなかったんだな。……分かりました。オレの契約精霊は土の上級精霊ですよ。よかったらご覧になりますか？」

「えっ、いいんですか？」

まさか見せてくれるとは思わなかったのだろう。クロエが驚いたように目を見張ると、ウィルフレッド王子は苦笑した。

「ええ、構いませんよ。秘密にするようなものではありませんし、お安いご用です。……ブラン！」

『呼んだ？　ウィル』

ウィルフレッド王子の声に応え、現れたのは、女性型の精霊だった。掌《てのひら》を広げた程度の大きさ。髪は首までの長さしかなかった。クリーム色の衣を着ていたが、その丈は彼女の足を覆い隠すほど長い。愛らしいというより凜々《りり》しい雰囲気だ。

「……土の精霊……。わあ、初めて見た」

クロエが物珍しげに精霊を見つめる。

光の上級精霊と契約していても、種類の違う精霊を見るのはまた別なのだろう。その気持ちは私にも理解できた。

クロエが嬉しげにしているのをウィルフレッド王子はホッとしたように見つめている。

二人のやり取りを見ていたアルが小声で言った。

「まあ、不器用ではあるけどウィルなりにきちんとカーライル嬢に向き合おうとしたことは評価してやってもいいかな」

「ウィルフレッド殿下、頑張っていると思います」

思っていたことを言うと、アルも同意してくれた。

「僕もそう思うけど、始まりがマイナスからだからね。どこまで頑張れるのかはウィル次第だけど、今の感じが続くのなら多少は応援してやってもいいかな」

「……はい」

クロエがヴィクター兄様のことを好きという事実はあるが、これはクロエの完璧な一方通行だ。それが今後どうなるかは未知数だが、クロエが笑っていられる結末になればいいと思う。

二人のやり取りに耳を澄ませると、クロエも精霊を呼び出すという話になっていた。

ぎこちなくではあるが、少しずつ会話が噛み合ってきている。これなら、二人とも本当に話したい話をすることができるのではないだろうか。

クロエが、光の精霊を呼び出す。私も一度見たことのある精霊だ。あの時は怯えられ、すぐに帰られてしまったなと思いながら見ていると、クロエの精霊がギョッとしたように目を見開いた。

そうして叫び声を上げる。

『いやあああああ!!』

あっという間もなかった。クロエの精霊は身体を震わせると、全身から眩《まばゆ》い光を放った。

「リリ！」

「っ！」

焦ったような声と同時に、全身に衝撃が走る。

身体に強い痛み。何かに覆い被され、地面に倒されたのだと知ったのは、光が消えてからのことだった。

「……いた……今、何が……」

「リリ！　大丈夫⁉」

「……アル？」

私に覆い被さっていたのはアルだった。彼は身体を起こすと、すぐに私を抱き起こし、怪我がないかを確認した。

「どこか痛いところはない？」

「痛いことは痛いですけど、怪我をしたという感覚はありません」

「そう……良かった」

そう言って笑うアルの頬には赤い線が走っていた。

「アル……！　お怪我を！」

「こんなのかすり傷だよ。傷も残らないから心配しないで。それより君が無事で良かった……」

ホッとしたように笑うアルの姿を見ていると、愛しさが込み上げてくる。文字通り身を挺して守ってくれたのだと分かり、喜んではいけないと思うのに、嬉しく思ってしまう。

私は急いでドレスのポケットからハンカチを取り出し、アルの頬に当てようとした。だが、それはアルに止められた。

「大丈夫。魔法で治療するから。これくらいの傷ならすぐに治るよ」

その言葉通り、アルの頬についた傷がすうっと、まるで何もなかったかのように消えていく。

たとえ小さな傷でも『癒やす』というのは難しい。とても繊細な魔力制御を必要とするし、失敗すれば、より酷い傷を負ってしまうからだ。

実際、成功するより失敗する方が多いくらいで、治癒魔法が使えるものは限られていた。

もちろん、私も使えないし、ルークだって苦手なのだ。彼は何かを壊す魔法は得意なのだが、癒やす魔法は不得意で、十回中五回は失敗するとこの間も言っていた。そんな難しい魔法を難なくこなしてしまうアルは本当に優秀なのだ。

「アル、治癒魔法が使えるんですね」

「うん？　ああ、これでも王族だからね。基本、王族――特に王太子は全ての魔法に精通していないといけないから」

何でもないことのように話すアルだったが、きっと彼がここに至るには血の滲《にじ》むような努力があったのだろう。アルは確かに天才と呼ばれるに相応しい人だけれども、努力をしないような人ではないからだ。

「あ……」

治療を終えたアルと一緒に立ち上がる。怪我こそしていないものの、少し眩暈がした。

「大丈夫？」

ふらついたが、咄嗟にアルが身体を支えてくれた。それに礼を言う。

「ありがとうございます。平気です。でも、さっきのは一体……？」

何が起こったのだろう。グラグラする頭を押さえていると、アルがある一点を見つめながら厳しい声で言った。

「どうやらカーライル嬢の精霊が暴走したようだね」

「えっ」

アルの視線を追う。

そこには暴れるクロエの精霊と、それを必死で宥めるウィルフレッド王子の精霊の姿があった。

そして――酷い怪我を負ったウィルフレッド王子と、彼に取りすがるクロエの姿も同時に見えた。

「クロエ！」

思わず声を上げたが、クロエは私には気づかなかった。俯《うつぶ》せに倒れたウィルフレッド王子に取りすがり、必死に声を掛けている。

「ウィルフレッド殿下……！　大丈夫ですか！　どうして、どうして私を庇ったんです⁉」

「うっ……」

ウィルフレッド王子が苦しそうに呻《うめ》く。よく似合っていた上衣はボロボロに裂けており、酷い有様だ。精霊のすぐ近くにいたからだろう。アルが負った怪我の比ではないくらい酷かった。

「アル！　ウィルフレッド殿下が！」

「分かってる。カーライル嬢、治療するから退いて！」

「は……はい……！」

涙を拭い、クロエが場所をアルに譲る。

アルは口の中で呪文を唱え、右手をウィルフレッド王子の身体の上に翳《かざ》した。

黄色い光がウィルフレッド王子を包む。みるみるうちに傷口が塞がっていった。

「すごい……」

ショックが抜けないのか、私にしがみついていたクロエがポツリと呟く。それに私も頷いた。

あとはただ、黙ってウィルフレッド王子を見つめるだけ。

やがて、大きな傷口が塞がり、残すところ小さな切り傷だけとなった頃、アルは魔法を停止した。

ウィルフレッド王子を包んでいた黄色い光が消えていく。

光が完全に消えたところでアルを見た。

まだ傷が残っているのに、治療を止める理由が分からなかったのだ。

「アル？」

「魔法ではここまで。あとは、自然治癒力。ここまで大きな怪我だと、全部魔法で治すのはあまりよくないんだ」

「そう……なんですか」

「人は自分で傷を治す力を持っているからね。むやみやたらにそれを奪うと、その治癒力がなくなってしまう。人間の身体は怠けることを覚えると、すぐに怠けてしまうから、その加減は気をつけなくちゃいけないんだ」

アルの説明に頷く。ウィルフレッド王子は、格好こそかなりボロボロだったが、傷は殆ど癒えたようで、ゆっくりと自ら身体を起こした。

「あー……痛かった。兄上、ありがとな」

「まだ傷は残っているからね。あとで侍医に診《み》せるんだよ」

「分かってる。うわ、上着がボロボロだ」

上衣を脱ぎ、確認したウィルフレッド王子は顔を歪めた。

「うーん、これはもう処分かなあ」

「さすがに僕の魔法でも服までは直せないからね」

「分かってるよ。大きな傷を治してもらっただけでも助かった。マジで気絶しそうなくらい痛かったんだ」

ふうーと大きな息を吐き、ウィルフレッド王子は地面にあぐらをかいて座り込んだ。

呆然とウィルフレッド王子を見つめていたクロエがハッとした様子で彼に駆け寄っていく。

「ウィルフレッド殿下……！　どうして……どうして私を？」

「ん？　ああ、無事だったのか。良かった」

クロエに目を向け、ウィルフレッド王子は安堵したように笑った。その言葉に、クロエの目から涙が溢《あふ》れる。

「良かったなんて……わ、私を庇う必要なんてなかったのに……あなたは第二王子なんですよ？ご自分の身体を第一に考えなくちゃいけないのに……」

「そう言われてもな。身体が勝手に動いたから仕方ない」

「仕方ないとか言わないで下さい……！」

「ははっ……」

クロエに叱られたウィルフレッド王子が小さく笑う。そうしてクロエを見つめ、何とも言えない表情で言った。

「ごめんな、今まで」

「っ……！」

クロエが両手で自らの口を押さえる。目を見開き、ウィルフレッド王子を凝視した。

ウィルフレッド王子はクロエから視線を外さない。

「悪かった。オレの勝手な思い込みに付き合わせたこと、謝るよ。あんたは何も間違っていない。あんたがオレに言ったことは全部正しかった。オレはずっとあんたではない誰かを見ていたんだと思う」

「ウィルフレッド殿下……」

わなわなと震えるクロエにウィルフレッド王子は微笑みかけた。

「もう、婚約前提で付き合ってくれ、なんて言わない。その代わり、改めて友達になってくれないかな。オレ、まあ大体想像がつくだろうけど、友達が少なくてさ。あんたみたいに本気でオレを叱ってくれる人が友達になってくれたら嬉しいと思うんだ」

「……殿下」

「ウィルって呼んでくれよ。あんたが、オレを友達だと思ってくれるんならさ」

穏やかに告げられる言葉を聞き、クロエは涙を流した。その涙を必死で拭いながら口を開く。

「私……私も……ごめんなさい。酷い言葉であなたを傷つけて……。そして、守ってくれてありがとう……ウィル」

「はい」

「あんたのこともクロエって呼んでいいかな」

「はい」

クロエがコクリと頷く。そうして涙に濡《ぬ》れた顔でウィルフレッド王子を見つめた。

「……初めて、あなたと言葉が通じた気がします」

「ああ。あんたと……兄上のおかげで目が覚めたんだ。今まで悪かったな」

謝罪の言葉を聞いたクロエは首を横に振った。

「もういいんです。あなたはこうして私を見てくれたのだから。友達になってくれるんですよね？」

「ああ」

「嬉しい。異性の友達は二人目だわ」

「は？　二人目？」

本当に嬉しげに目を細めたクロエ。それに対し、ウィルフレッド王子の表情は酷く冷たいものへと変わった。

「二人目って？　一人目は誰なわけ？」

「えっ……リリの執事のルーク、ですけど」

「ふーん……」

——えっ。なんか睨まれてるんだけど！

チラリと私を睨んでくるウィルフレッド王子が怖い。思わず顔を引き攣らせると、アルが私を庇ってくれた。

「大丈夫だよ、リリ。リリのことは僕が守ってあげるから。あれはね、ちょっと大人げないだけだから気にしないで」

「は、はあ……」

ちょっと大人げないどころの騒ぎではない殺気じみたものを感じた気がするが、基本ウィルフレッド王子がアルに頭が上がらないことは知っている。

まあ、大丈夫なんだろうと納得していると、クロエがウィルフレッド王子に尋ねていた。

「さっきから思っていたのですけど……もしかして、そっちがあなたの素なのですか？」

「え？　ああ、まあ。……バレちまったら仕方ないか。でも……クロエが嫌なら今からでも戻すけど」

「いえ。その方が自然な感じがしますし、取り繕っていない方が私は好ましく思います」

「そ、そうか……」

クロエの言葉を聞き、ウィルフレッド王子は俯いた。その耳が少し赤い。

「——なんか、妙に上手くいっていませんか？」

「そうだね。というか……うん、最初からそうしておけばよかったんだよ。そっちの方が得意分野のくせに」

「？　どういうことですか？」

アルに目を向ける。彼は仕方ない奴だと言わんばかりの顔でウィルフレッド王子を見ていたが、私の視線に気づくと、すぐにこちらを向いてくれた。

「ん？　君は知らなくてもいいことだよ。ただね、あいつは僕の弟だってだけ」

「？　はあ……」

さっぱり分からない。首を傾げていると、アルは「まあ、本気なら邪魔をするのは野暮だからね」と言って笑っていた。そうして話を元に戻す。

「じゃあまあ、あれは放置しておいても大丈夫として……今からの問題は——その精霊たちだね」

「あ」

ウィルフレッド王子の怪我や、二人のやり取りの方にばかり気を取られ、すっかりそのことを忘れていた。

ことの元凶である精霊はと、慌てて探す。彼らは特に姿を消すこともなく、宙に浮かんでいる——だけではなく、クロエの精霊がウィルフレッド王子の精霊にこってりと絞られていた。

『だから！　あんたはどうしてすぐにパニックを引き起こすの！　それで契約主を傷つけたら意味がないでしょう？』

『だ、だって……ノエルの匂いがしたから……』

『確かに匂いはするけど本体がいないことくらい分かるでしょう。過剰反応しすぎ。それにノエルの件は闇の精霊が見張るということで話は決まったじゃない。それであんたも納得したでしょ。あとはもう、そいつに任せて知らんふりしておけば済む話でしょうに』

『ううう……分かっていたけど、反射的に……それともブランは平気だったの？』

『平気とは言い難いけど、前よりはマシ。それにね、今のノエルには首輪もついているし、危険度は低い。闇の上級精霊の見張りもいる。それでまだ怯えているなんて、精霊のプライドが許さないのよ。あんたは違うの？』

『……違わない。次はちゃんとする』

硬い口調ではあるがはっきりと告げた光の精霊に、土の精霊は大きく頷く。そして光の精霊の背中をドンと押した。

『それなら、謝りなさい。あんたが暴走したせいで怪我人が出てるのよ。私の主のウィルなんてね、あんたの主人を庇って大怪我したんだから！　まあ、そこの規格外の王子のおかげで助かったみたいだけど』

『規格外……ああ、二体の上級精霊と契約を交わしてるっていう……うう、ごめんね。ブラン。私、誰かを傷つけるつもりなんて……』

『光の精霊のあんたが、積極的に誰かを傷つけたいなんて思うはずがないでしょ。そんなの分かってるから、ほら！　早く！』

土の精霊の勢いに負け、光の精霊がしょぼんとしながらもこちらを向いた。私やアル、そして彼女の主であるクロエと、そのクロエを庇ったウィルフレッド王子を見て、泣きそうに顔を歪める。

『……ごめんなさい』

その言葉にどう答えればいいのかと思っていると、アルが口を開いた。

「だって。どうする？　まずは怪我をした張本人であるウィル」

「えっ、オレ？　オレは別に。精霊が暴走するなんて別に珍しいことじゃないし、オレも無事だったしな」

いきなりアルに話を振られたウィルフレッド王子が驚きつつもそう答える。

アルは頷き、次に私に尋ねてきた。

「君は？　リリ。この屋敷は君の家だ。今の精霊の攻撃で、庭はかなりやられてしまったけど……」

「……ああ、そうですね」

あちらこちら土は盛り上がり、花は吹き飛ばされ、かなり酷い惨状だ。ユーゴ兄様が見れば発狂するかもしれない有様。だけど、この事態が引き起こされたのは、元はノエルが原因だというし、それなら、飼い主である私にも責任があるだろう。

「……お父様と庭師に謝ります。精霊が行ったことだと言えば、父たちも何も言わないとは思いますし、ノエルが原因なら、私にも責任の一端はありますから」

この国は、精霊から加護や庇護を強く受けている関係もあり、精霊の起こす悪戯や暴走などには酷く寛容なところがある。

正直に精霊が行ったと言えば、父が怒らないのは分かっていた。

アルは頷き、最後にクロエに目を向けた。

「君は？　カーライル嬢。これは君の契約精霊が引き起こしたことなんだけど。何か言うことはある？」

「……ありません」

目を伏せ、それでもきっぱりとクロエは言った。

「私の契約精霊がウィルフレッド殿下やアラン殿下に傷を負わせたことは事実です。私はそれを止めることすらできず、それどころかウィルフレッド殿下に庇われてしまいました。契約主として情けないと思います。申し訳ありませんでした」

「クロエ！　なあ、兄上！　オレの怪我は、オレが勝手にしたことだ。クロエに罰を与えたりしないよな？」

顔色を変え、ウィルフレッド王子がクロエを庇う。契約精霊である光の精霊も真っ青になった。

『わ、私、クロエに迷惑を掛けるつもりなんて……』

「……まるで僕が悪者みたいだ。嫌な役だね」

皆の焦ったような視線を受け、アルが溜息を吐いた。

「僕は皆の意見を聞いただけだよ。被害を受けたウィルは気にしないって言ってるし、問題はリリの屋敷の庭が荒らされたってことになるけど——うん。僕の方から修繕費用を出しておくよ」

「殿下のお手を煩《わずら》わせるなんて」

クロエが顔色を変える。

「わ、私の精霊がしたことです。私が——！」

「なら、オレが出す！　オレの金を使ってくれ、兄上！」

最後までクロエが話す前に、ウィルフレッド王子が大声で叫んだ。アルはじっとウィルフレッド王子を見つめている。

「お前が？　どうして？　お前は被害者だろう」

「庇ったのはオレの意志だし、クロエ一人でこの規模の修繕費用は難しいと思う。それに……クロエとはさっき友達になったんだ。助けられるなら助けるのが友達だろう？」

「ウィル……」

クロエが泣きそうな顔でウィルフレッド王子を見た。彼女にウィルフレッド王子はしっかりと頷いてみせる。

「いいんだ。オレにとっては大した金じゃないし、その、今までの詫《わ》びだと思ってくれれば」

「詫びだなんて。私の態度も悪かったですから」

「それはオレが酷いことばかりしてきたからだろう」

「……先ほどに引き続き、なんか良い感じに話がまとまってるようなんですけど」

私の感情のないツッコミに、アルは深く同意した。

「全くだよ。わざわざお膳立てする必要はなかったよね」

「はい。すっかり仲良しです……クロエは私の友達なのに……」

一番の、というか、唯一の友達を取られた気分になった私はすっかり拗《す》ねていたが、アルは笑ってポンポンと私の頭を軽く叩いた。

「いいじゃないか。いがみ合っているより、仲が良い方がいいからね。まあ、これで二人のことは気にしなくても大丈夫かな」

「それはそうなんですけど、複雑です……」

それが正直なところだ。

すっかり仲良くなった様子のウィルフレッド王子とクロエは、楽しそうに話している。二人の精霊は元々知り合いだったのだろうか。話がまとまったことにホッとしているようだった。

クロエとウィルフレッド王子は精霊たちを彼らの世界に戻し、私たちの方へとやってきた。

クロエが神妙な顔で私に頭を下げる。

「ごめんなさい、リリ。あなたの屋敷の庭を台無しにしてしまって」

「こんなの不可抗力よ。気にしないで。ウィルフレッド殿下がしっかり修繕費用を出して下さるそうだし、せっかくだからユーゴ兄様にお願いして、以前よりももっと立派な庭にしてもらうわ」

「うえっ？　オレかよ……」

私とクロエの話が聞こえていたらしいウィルフレッド王子が顔を歪める。だけど嫌だとは言わなかった。どちらかというとクロエの方が申し訳なさそうな顔をしている。

「私の契約精霊のことなのに……ウィルに負担を掛けてしまって……やっぱり私も……」

「言い方は悪いけど、あなた個人に支払いきれるような額ではないと思うわ。だから、ここはウィルフレッド殿下のお気持ちに甘えておいたらいいと思う」

「そうそう。オレにとっては痛くもかゆくもないし、気にすんなって」

私の言葉にウィルフレッド王子も同意した。

ようやくクロエの顔に生気が戻る。

「ウィル……ありがとうございます」

「……いや、いいんだ」

「……」

照れたように笑うウィルフレッド王子を私はじっと見つめた。

間違いなく、この一連の話でクロエのウィルフレッド王子に対する好感度は上がっているだろう。

マイナスからのスタートのくせに、好感度を上げるのがちょっと早すぎやしないだろうか。

「……アル。私、ウィルフレッド殿下は、ゲームがどうとか言っていた時より、よっぽど今の方が危険に思えます」

本気で呟いた私にアルは「だからあいつは僕の弟だって言ったでしょう?」と呆れたように笑っていた。

◇◇◇

話は済んだので、アルはウィルフレッド王子を連れて城へと帰っていった。

城では仕事が山積みになっているらしい。嫌がるウィルフレッド王子の首根っこを摑んで、馬車に放り込んだアルはにっこりと笑った。

「あとは二人でお茶でもしておくといいよ。今回の用事は終わったからね。僕たちは帰る」

「はい、アル。わざわざご足労いただきありがとうございました」

頭を下げると、アルは首を横に振った。

「君にお礼を言われるようなことは何もしていないよ。今日は僕も弟のために一肌脱いだ。それだけだから。あ、修繕費用についてはあとで人を向かわせるよ。その際、僕とウィルからの手紙も持たせるようにするから、公爵に伝えておいてくれるかな？」

「はい、分かりました」

「じゃあ、また。最近はずっとバタバタしているからね。今度はゆっくり二人で話そう」

「……はい」

二人で、というところに力が籠もった。それに気づき、顔が勝手に赤くなる。

馬車を見送り、私は少し後ろで待っていたクロエと、先ほど呼び出したルークのところに戻った。

ルークには今日はずっと、部屋でノエルの見張りをしてもらっていたのだ。事情を知っている者が他にいないから仕方のないことなのだが、貧乏くじを引かせたみたいで申し訳ないと思ってしまう。

「クロエ、先に私の部屋に行っていてくれる？　ルーク、クロエを案内して。あと、お茶の用意をお願い。私はお父様のところへ寄っていくから」

「承知致しました」

クロエは父に謝りたいと言ったが、それは断り、一人で父に説明をする。

事情を聞いた父は、やはり「精霊のしたことを怒っても仕方ない」といかにも上位貴族らしいことを言って納得していた。修繕について、あとからアルたちから連絡があることを告げると、それについては「気を遣っていただかなくてもいいのに」と眉根を寄せていたが、王族の厚意を無にすることもできない。手紙を受け取り次第、返事をしたためると了承した。

父へ報告を済ませ、部屋に戻る。

今日はユーゴ兄様だけではなく、ヴィクター兄様も屋敷にいない。ヴィクター兄様がユーゴ兄様を連れて、城に行ったのだ。

何をしに行ったのかというと——城の案内らしい。

もうすぐ城勤めになるユーゴ兄様のためという話らしいが、自分の部署の良さをアピールするためだろうということは私にもユーゴ兄様にも分かる。

嫌がるユーゴ兄様を連れて行った時のヴィクター兄様は生き生きとしていて……それを見た私は助けを求めるユーゴ兄様を見捨てる決断をしたのだ。

ヴィクター兄様が楽しそうだから、我慢して下さい、と。

ユーゴ兄様からは恨めしげな視線を向けられたが仕方ない。あんな嬉しそうなヴィクター兄様を見て、邪魔をすることなどできるはずがないからだ。

「待たせたわね」

部屋に戻ると、ちょうどルークが紅茶をサーブしているところだった。

芳醇《ほうじゅん》な薔薇の香りに気がつく。

「良い匂いがするわ。今日はローズティーなのね」

「はい。お疲れだと思いましたから。香りと風味が気持ちを落ち着かせてくれます」

「そう。お茶菓子は？」

「新作のチョコレートを」

ルークの言葉に頷き、クロエの正面の席に座る。クロエはキョロキョロと周りを見回していた。

「クロエ？　どうしたの？」

「……ノエルがいないと思って」

「ノエルなら別の部屋におります。ちょっとおイタが過ぎましたので」

ルークが平然と答える。それを聞いたクロエが眉を寄せた。

「猫が悪戯をするのは当たり前のことよ。……可哀想だわ」

その言葉を聞いて、そういえばまだクロエにはノエルのことを話していないことに気がついた。

クロエが契約している精霊のことでもある。どうせいずれは彼女も知ることになるだろう。それにノエルの正体を知ってしまった今、無邪気にノエルを抱き上げるクロエを平常心で見られないと思うのだ。

——これ、黙っているのは得策ではないわね。

さっさと真実を伝えた方がよさそうだと判断した私は、クロエに話しかけた。

「……クロエ、ちょっと私の話を聞いて欲しいんだけど」

「？　何？」

きょとんとするクロエに、ノエルの正体を話す。彼がハイ・エルフの大魔法使いノエルだということ、精霊たちの怒りを買っていることなどを告げると、クロエは目を見張ると同時に、納得していた。

「そう……だったの。それで、リリは精霊契約できなかったし、ソラは暴走してしまったのね」

「当たり前だけど、うちの屋敷にはノエルの気配がそこかしこにあるもの。ノエルのことが苦手な精霊が暴走しても当然だと思うわ。それに気づかず、私の屋敷で二人を会わせよう、なんて言ってしまった私のミスよ。だから私はあなたの精霊が暴走したことを責めることはできない」

ノエルは精霊にとって天敵のような存在。そのノエルがいるところで精霊が現れればどうなるか。

答えは、火を見るより明らかだ。だが、クロエは否定した。

「……私が、精霊を見せてなんてウィルにお願いしなければよかったのよ。ごめんなさい」

「クロエは悪くないわ。私が、考えなしだったから」

「違うの、私」

「私よ！」

これだけは譲れないと声を荒らげる。そうしてクロエと目を合わせ――同時に噴き出した。

クロエが笑いながら言う。

「これじゃあ、きりがないじゃない」

「本当ね。じゃあもう、二人とも悪かったってことにしておく？」

「ええ。それがいいわ」

互いに妥協することに決め、頷く。二人でクスクス笑っていると、のんびりとした声が聞こえた。

「――特別、光の精霊に嫌われるような真似、した覚えはないんだけどなあ」

「ノエル！」

猫の姿のノエルが扉の隙間からするりとすり抜けるようにして入ってきた。そのあまりに堂々とした態度に、ルークが眉を吊り上げる。

「閉じ込めておいたのに！　一体どこから！」

「この姿で魔法を使うのも大分慣れてきたからね。魔法でチョイチョイと☆」

悪びれない態度でそう言い、ノエルがソファの上に飛び乗ってくる。そうして吃驚しているクロエに向かって「にゃーん」とわざとらしく鳴いた。

「やあ、クロエ。いつもゴシュジンサマと仲良くしてくれてありがとう。君の魔力もなかなか美味だ。良かったら今度、私とデートでもしないかい？」

「えっ……えっ……？　ノエル？　本当にノエルなの？　人の言葉を話してるけど」

「ええ」

頷くと、クロエはまじまじとノエルを見つめた。そうして躊躇《ちゅうちょ》なく抱き上げる。

「わあああ！　人の言葉を話す猫とか素敵！　リリ、いいなあ！」

「ちょっとクロエ。私の話を聞いていた？」

予想外の行動にギョッとする。ルークも驚きすぎて動けないのか、その場に固まっていた。

クロエはスリスリと猫に頬ずりをする。

その様を呆然と見ていたが、慌てて我に返り、クロエに言った。

「クロエ、分かってる？　大魔法使いノエルよ？　あなたの契約精霊が暴走した原因！」

「分かってるわ。でもやっぱり私には猫が喋ってるようにしか見えないし……可愛い」

「ははは☆　照れるね。君は私の魅力を分かってくれる女性みたいだ、クロエ」

褒められたのが嬉しかったのか、ノエルの声まで弾んでいる。

事情を話せば、クロエもさすがにノエルを気味悪がったりするのだろうかと思っていたのだが、誤算だ。逆にものすごく喜んでいる。

「魔法を使える猫なんて、童話の世界みたい～」

クロエは立ち上がり、ノエルを高く持ち上げた。その様子を見て、思わず言ってしまう。

「……最初、クロエがノエルの相手役だってウィルフレッド殿下から聞かされていたの。あの時はどうしてと思ったけど、今、少しだけ納得している自分がいるわ」

「……同意致します」

私の言葉に、後ろに下がっていたルークが実感の籠もった声で返してきた。

二人はキャッキャと楽しげで、なんだか妙に現実逃避したくなってしまった。

「はあ～。まさか猫と意思疎通が図れる日が来るとは思わなかったわ。リリ、教えてくれてありがとう！」

「……喜んでもらえて良かったわ」

十分にノエルを満喫した後、クロエはやりきった顔で微笑んだ。ノエルはといえばやはり猫だからだろうか。疲れてしまったようで、ソファの上で丸まり、眠っている。

その姿はどう見てもただの猫で、これが大魔法使いノエルだとは誰も思わないだろうなとぼんやり思った。

クロエはソファから立ち上がると、酷く残念そうに言った。

「そろそろ帰らなきゃいけないから、私も行くわね。お茶をごちそうさま、リリ。今日はウィルとも話ができたし、来て良かったわ。本当にありがとう」

「そう言ってもらえると嬉しい。私も、まさかクロエがウィルフレッド殿下と友人になるとは思ってもみなかったけど」

私もソファから立ち上がる。正直なところを告げると、クロエは真顔で肯定した。

「ええ、私もよ。最悪、口先だけの心の籠もらない『ごめん』を聞くことになるものだとばかり思っていたもの。そうでなくて本当に良かった」

「ウィルフレッド殿下、ちゃんと反省していたって感じがしたものね」

感じた印象を告げると、クロエも同意した。

「ええ。それは私も思ったわ。だからこそ、謝罪を受け入れようって思えたし、私も謝らなきゃってすごく思ったの」

「……今のウィルフレッド殿下なら、付き合っていけそう？」

冗談っぽく尋ねる。クロエは楽しそうに笑った。

「友人としてなら。今まで私、あの方のこと、何も知らなかったのだもの。お互い少しずつ知っていければいいと思っているわ」

「ええ、そうね。それがいいと思う」

「本当にありがとう。じゃあ」

すっきりした顔でクロエは自分の屋敷に帰っていった。馬車を見送り、部屋に戻る。

ソファにぐったりと伸びていたノエルが億劫そうに口を開いた。

「クロエ、帰ったのかい？　全く、この私を相手にいい度胸をしているなあ……」

「だって、クロエだもの」

言いながら、ノエルの隣に座り、その頭を撫でる。ノエルは気持ち良さそうにゴロゴロと喉を鳴らした後、たった今気づいたかのように言った。

「そういえば、君も私の正体を知っても態度を変えない女性だよね。特に君は、ハイ・エルフに戻った姿も見ているのにどうして変わらないんだい？　ほら、『ノエル様〜』とか言って、口調も改まってさ、私に色々な貢ぎ物を持ってくるもんじゃないの？」

「馬鹿なことを言わないでちょうだい」

あまりの愚かさに、本当にノエルは、大魔法使いなんて呼ばれていたのかと思ってしまう。

私はノエルの頬を両手で思いきり抓《つね》りながら言い聞かせるように言った。

「いい？　正体はどうあれ、今のあなたは私の屋敷で飼われている飼い猫なの。どうして飼い猫のご機嫌を伺って、貢ぎ物を捧げなきゃいけないのよ。おかしいでしょ」

だが、それには、ルークから指摘が入った。

「いいえ、お嬢様。猫が相手だと考えると、大体合っているような気がしますけど」

「……言われてみれば」

なるほど、と私は顎に手を当て、頷いた。

機嫌を取り、美味しいおやつやご飯を貢ぎ、ブラッシングや爪切りといったお世話をさせていただく生活。

考えてみれば、ルークの言う通りだ。

「……ある意味、あなたって猫になって正解だったのかもしれないわね。その、貢ぎ物を持ってきてもらう生活が基本だったのだったら、今とあまり変わらないじゃない」

「酷いな、君は！　大違いだよ！」

「そうかしら」

「そうだよ！」

「じゃあ、ブラッシングはもう要らない？」

いつでも手に取れるよう近くに置いてあった猫用のブラシを取り上げる。豚毛でできたそれが、ノエルは大のお気に入りだった。

案の定ノエルは、うっと言葉を詰まらせた。

「そ、それはずるくないかい？」

「ずるくないわ。飼い猫だから世話をしているのだもの。その扱いが不満だっていうのなら、止めるしかないと思わない？」

これ見よがしにブラシを振る。

私のブラッシングにとても弱いノエルは「うぐぐ」と悔しそうに呻いた。そうして猫の本能に負けたかのように、ごろんと腹を見せて横になる。

「さあ！　私をお世話したまえよ！　くそう……ブラッシングがこんなに癖になるものなんて、知りたくなかった……！　野良だった頃に戻りたい」

「野良に戻ったらお腹いっぱい食べられないわよ」

「……それも嫌だ」

むすっとするノエルに苦笑しながら、私は慣れた手つきで、彼の毛並みを整え始めた。今の季節は抜け毛が多く、毎日のブラッシングは欠かせない。それに、丁寧にブラッシングをすればするほど毛並みは美しくなるから、達成感が半端ないのだ。

「ううう……悔しいけど、気持ちいい。……君って、魔法の才能はそこそこだけど、ブラッシングの技術だけは超一流だって認めてあげるよ。このブラッシングのない生活とか耐えられない……」

「はいはい、ありがとう」

クスクス笑いながらも、ブラシをかける手は止めない。それを見ていたルークが感心したように言った。

「……お嬢様って、別に首輪なんてなくてもノエルを掌の上で転がせそうですよね。完全に猫扱いで、しかも向こうもそれで喜んじゃってるじゃないですか」

「動物は昔から好きだもの」

「そういう問題じゃありませんけど、でも、今のノエルとお嬢様のやり取りを聞いてると、殿下の心配は八割方思い過ごしだと伝えることができそうです」

「そう？」

よく分からないけど、アルが安心してくれるというのなら何よりだ。

ノエルを飼い続けると言ったこと、後悔はしていないけれど、アルに心配を掛けたことに関しては申し訳ないなと思っていたからだ。

「ちょっと！　ブラシが止まってる！　しっかりやってくれよ！　今度はこっち！」

「はいはい」

考え事をしていたせいで、手が止まってしまったようだ。

それをノエルに指摘された私は、苦笑しながらも身体の向きを変え、次にブラッシングをして欲しい場所をアピールしてきた彼のリクエストに応えてあげた。

第九章　やってきた使者

屋敷の中庭が元の……いや、それ以上の姿を取り戻した頃、ユーゴ兄様はついに城へと上がることになった。

ヴィクター兄様は最後までごねたが、結局、ユーゴ兄様は希望していた通り、城の図書室の司書として勤めることが決まった。

見学と称して連れて行かれたヴィクター兄様の部署を見たユーゴ兄様が真顔で「ここで働けって言うなら、僕はもう二度と城になんて行かない」と言ったからだ。

せっかく重い腰を上げた次男のやる気を削ぐことは好ましくない。そう考えた父は、ユーゴ兄様の希望を叶える方向で行くことにしたのだ。

父の決断は正しかったと私も思う。

ユーゴ兄様は、古書の香りと静謐《せいひつ》な空気が漂う城の図書室が甚《いた》く気に入ったらしく、毎日、特に文句を言うこともなく城へ上がっている。

当初はサボるのではと目を光らせていたヴィクター兄様も、毎日真面目に仕事をしているらしいユーゴ兄様を見て、今は司書でよかったのかもしれないと言い始めていた。

「ユーゴが真面目に仕事をするとは思わなかった」

ライブラリーでする兄妹のお茶会。

ルークの淹れてくれたお茶を飲みながら、ヴィクター兄様が感慨深げに言った。

それを隣に座ったユーゴ兄様がとても嫌そうな顔で見る。

「あのね、兄上。僕だって子供じゃないんだよ。だから、お願いだから、一日に何度も僕の様子を見に来ないでくれるかな？　気持ち悪いんだよ」

「慣れない王城でお前が困っていないか気になるだけだ」

しれっと答えたヴィクター兄様に、ユーゴ兄様は我慢できないとばかりに立ち上がった。

「だから！　兄上は目立つんだよ！　毎日毎日、暇なのかって思うほど図書室までやってきてさ。どれだけ過保護だと思われてるか分かってるの？　いくらなんでも恥ずかしいから！　僕は！　成人した男だって言ってるんだよ！」

「ヴィクター兄様……一体何をしていらっしゃるんですか」

ユーゴ兄様の訴えを聞き、私は思わずヴィクター兄様を凝視してしまった。

そのヴィクター兄様といえば、澄ました顔で、平然とお茶を飲んでいた。

「弟を兄が心配して何が悪い」

「兄様の場合はその心配が度を越しているんだよ……もう、勘弁して欲しいよ」

がっくりと項垂れ、ユーゴ兄様は疲れたように椅子に腰掛けた。

そんな兄を見て、苦笑する。

最近、ヴィクター兄様の家族好きがエスカレートしている気がする。これは絶対に気のせいではない。

数カ月前までは、私やユーゴ兄様、そして両親さえも疎《うと》んでいるところがあった兄だったが、私たちと徐々に交流を持つようになり、今では別人のように変わった。

私たち弟妹と二日に一度はお茶をし、両親とも穏やかな表情で話すようになった兄を、皆歓迎していたのだが——どうやら長い間、家族に対する愛を拗《こじ》らせていたらしい兄は、今度はやたらと家族に対し、干渉してくるようになったのだ。

それは非常に重く、言いたくはないけど鬱陶しかった。

ヴィクター兄様の愛情の矛先は、どこか浮世離れしたユーゴ兄様に向かうことが多く（私はアルと結婚が決まっているから、そこまで心配する必要はないと思われているらしい。ホッとした）ユーゴ兄様は、最近では毎日のように私に泣きついていた。

今も助けを求めるように私を見ていたが、こちらに矛先が向かうことを恐れた私は、気づかないふりをしてお茶菓子を手に取った。

——ごめんなさい、兄様。でも、私も嫌だから。

つまりは面倒くさいのだ。

最初は構ってくれることが嬉しくても、慣れてしまえば過干渉は嫌気が差す。

私は元々ベタベタするのは好きではない方だし（アルは別）兄妹は適度な距離感で過ごすのが一番だと思っている。

もちろんそれはユーゴ兄様も同じなのだろうけれど。

芸術家肌のユーゴ兄様は、以前よりしっかりしたとはいっても、やはりどこかふわふわとしている。それがヴィクター兄様の庇護欲を誘うのだろう。

ユーゴ兄様は心根の優しい人なので、鬱陶しそうにしてはいるが、結局ヴィクター兄様を突き放せていない。最終的にはいつも、「兄上はもう……仕方ないよね」というのが、最近の決まり文句だった。

二人のやり取りを楽しく眺めていると、後ろに控えていたルークが近寄ってきた。

「お嬢様。そろそろ家庭教師が来られる時間かと……」

「あら、もうそんな時間？　兄様方、私は勉強がありますので、先に失礼します」

家庭教師というのは、例の魔力制御を教えてくれる先生のことだ。

父が見つけてきてくれたというその先生と、私は今日、初めて対面することになっていた。

兄たちと別れ、自分の部屋へと戻る。すぐ後ろにいるルークに尋ねた。

「ねえ、ルーク。あなたは私の先生について何か聞いていないの？」

情報くらいないかと期待したのだが、ルークは申し訳なさそうに言った。

「残念ながら。公爵様は『素晴らしいお方だ』と心酔なさっているようでしたが、実際の人となりまでは……」

「そう。お父様のことだから、妙な人には引っかかっていないと思うけど」

一体どんな人を連れてくるつもりなのだろう。

部屋で待っているようにと言われていたので、主室にある勉強用の机で待機することに決める。

約束の時間から五分ほどが過ぎたところで、父の声が聞こえた。

「リリ。家庭教師の先生を連れてきたぞ」

「はい」

ルークに目配せすると、彼は頷き、部屋の扉を開けにいった。

私も立ち上がり、先生を迎えるべく、扉の近くまで歩いていく。

まずは父が部屋の中へと入ってくる。

「ああ、リリ。こちらがお前の先生だ」

私に気づいた父が、笑顔で話しかけてきた。返事をしようとしたが、父の後に続いてやってきた人物の顔を見て、私は硬直した。

「えっ!?」

「どうした。先生に挨拶をしなさい」

「で、でも……」

不審な顔をした父に促されたが、私は思わず助けを求めるようにルークを見た。

ルークも対応できないというようにこちらを見てくる。

「お嬢様……」

一向に動こうとしない私に痺れを切らせたのか、父が『家庭教師』を紹介し始めた。

「どうした、二人とも。変な顔をして。こちらは『あなぐら』に所属する魔法使い、ルーノ先生だ」

「ルーノです☆　よろしくね☆」

「⁉」

「リリ！」

絶句していた私を父が叱りつける。その声にハッとして私はなんとか挨拶をした。

「リ、リズ・ベルトランです。……その、よろしく……お願いいたします」

どうしたって言葉に詰まる。

だって、父が連れてきたのは、よりによってハイ・エルフの姿に戻ったノエルだったのだから。

――あり得ない。

気さくにこちらに向かって手を振ってくるノエル。ノエルはクリーム色のだぼっとした、いかにも魔法使いが着るような、床まで丈のあるロングローブを着ていた。金色の縁取りがされているので、意外と華やかに見える。使われている生地も上等。ローブを留めている太いベルトも金色で、複雑な彫刻がとても綺麗だった。手首には太い金の腕輪が嵌められている。おそらくはマジックアイテムの一種なのだろう。

そして、彼の首にはあの赤い首輪がしっかりとつけられていた。一見、チョーカーのように見えるのがせめてもの救いだろう。

しかし――とノエルを見る。

ノエルは歴《れっき》とした成人男性だし、ちゃんとした格好をすれば教師に見えないこともないが、一体何をどうしたら、彼が私の家庭教師なんてことになるのだろう。

父が嬉しそうにノエルを私に紹介する。

「ルーノ先生は、とても優秀な方でな。私が娘の家庭教師を探していると相談したところ、名乗り出てくださったのだ。リリ、先生によく学ぶように」

呆然としているうちに、父は伝えるべきことは伝えたとばかりにノエルをその場に残して出て行ってしまった。

扉が閉まる。その場にいるのが、私とルーク、そしてノエルだけであることを確認し、私はノエルに詰め寄った。

「なんで！　私の家庭教師がノエルなのよ！」

「おっと☆　私は先生だぞう☆　その態度はいただけないかな☆」

はっはっは！　と笑いながらノエルは後ろに下がった。だが、そこにはルークがいる。

ルークは逃げようとするノエルの腕を容赦なく捻《ひね》り上げた。

ノエルとルークではかなり身長差があるが、ルークはそれをものともしない。

背の高いノエルの方が痛みに顔を歪めていた。

「さて、これは一体どういうことでしょうか。日がな一日、猫として飼われているあなたがお嬢様の家庭教師というのは。きっちり理由を説明していただきたいところですね。大体、どこで公爵様と知り合ったのですか」

「痛い！　痛いってば！　離してくれないと説明もできないよ！」

「離しました。さあ、話して下さい」

「……君って、ゴシュジンサマのことになると、本当容赦ないよね。あの王子殿下とおんなじだ。あいてっ」

「余計なことを言う口はこの口ですか」

ルークが表情を一切変えず、ノエルの口を捻っている。ノエルは大袈裟に「痛い、痛い」と騒ぎ立てつつも、話し始めた。

「いや、ちょっとさ、君たちの目を盗んで城に出掛けていただけなんだよ。ほら、私って『あなぐら』に籍が残っていたようだし？　なんだったら様子を見に行こうかなって。それくらいの魔力ならどうにかなりそうだったし……そうしたら『あなぐら』に着く前にゴシュジンサマのお父さんと会ったんだ。彼は娘の家庭教師を探しているようでね。それなら優秀な私はどうかって立候補してみたんだけど」

「しないで下さい！」

「馬鹿、しないでよ！」

異口同音に叫んだ。

ノエルはえーと唇を尖らせる。

「だって、実際、私より魔法の上手い魔法使いなんていないよ？　私に教えてもらえるなんて、ラッキー以外の何ものでもないと思うけど」

「あなた……うちで飼われているって自覚はないの……」

なんだか疲れた気分になりながらも指摘すると、ノエルはキョトンとしながら言った。

「え？　だからお礼も兼ねて、立候補してあげたんだけど。私が誰かにものを教えるなんて、本当にあり得ないんだよ？　これでも私はゴシュジンサマに感謝しているんだ。私の正体を知っても追い出さなかったしね。首輪をつけられたのは忌々しいけど、それはあの王子様がしたことだし、私個人としては君には好感情を持っているよ」

「……」

「それに、暇だしね！　最近、魔力も溜まりやすくなってきて、人型も取りやすくなったから、何か人型になれる理由が欲しかったんだ」

「それが本音でしょ」

一瞬、絆されかけたが、すぐに我に返った。ルークも深く頷いている。

ノエルはペロリと舌を出し、「ばれたか」と笑った。

「最近、たまに姿を見ないなと思うことはあったけど、まさか城に行っていたなんて」

てっきり、庭を散歩でもしているのかと思った。

ノエルはその正体を知らなかった頃から、外を散歩するのが大好きで、中庭などは喜んで出掛けていたのだ。中身がただの猫ではないと知ってからは、それこそ散歩くらい一人で行かせても問題ないので放置していたのだが、その結果が私の家庭教師になるは笑えない。

「どうしよう……」

頭を抱えていると、ルークが何とも言えない顔をしながら言った。

「公爵様がお決めになったことですから、どうしようもありません。その間だけは、先生として接

「やっぱりそれしかないわよね」

父がこうと決めたことを、よほどの理由がない限り覆せるとは思わない。今回の場合なら、「この家庭教師、うちの飼い猫だから！」がその理由に相当するとは思うのだが、アルに相談して、これ以上ノエルのことは誰にも話さないと決めたのだ。

理由が言えないとなると、家庭教師が気に入らないというのは単なる私の我が儘になってしまう。父は私がアルと婚約したことで、『まとも』な感覚を取り戻したことを、最初は驚きながらも、今は良いことだと捉えている。それなのに、以前までの私のように「この家庭教師、気に入らないから変えて」などと言ったら、きっと父は顔に出さないまでもガッカリすると思うのだ。

やはり、娘の性根は変わっていなかったのだと。

一度、良くなったところを見ているだけに、以前のように私の我が儘を笑顔で受け入れることはできなくなっているだろう。私に弱い父だから言うことを聞いてはくれるだろうが、『やはり』と思われることは間違いない。

可愛い、愛《め》でるだけの価値しかない娘。

そんな風に父に見られるのは絶対に嫌だ。

「……断腸の思いってこういう時に使う言葉なのね。でも決まったものは仕方ないわ。ノエル、私の先生になったからにはちゃんと教えてもらうからね」

「分かってるって☆　そこは大船に乗った気持ちで任せてくれ☆　完璧に魔法を制御できるように、

特訓してあげるよ」

「それなりに、でいいわよ。みっともない失敗をしない程度に教えてくれればそれで」

得意なことを勉強するのは楽しいが、苦手なことをするのは苦痛。

とはいえ、必要なことだと分かっているし、父とも約束したことだからサボったりはしないが、それなりにできるようになれば、それで十分だと思っていた。

ノエルもいつも適当なことを言って相手を煙《けむ》に巻くような人だから、てっきり同意して「その方が楽だし、いいね、そうしよう☆」とでも言ってくれると思ったのだが、それは間違いだった。

私の言葉を聞いたノエルは眉を寄せ「それはお勧めできない」と言ってきたのだ。

「ノエル？」

「ゴシュジンサマが魔法をどう考えているのかは知らないけど、魔法はね、『それなり』を目指すようなものではないんだよ。生半可なことをすれば、それこそ大怪我に繋がる。やる限りは完璧を目指さないと意味がない。私は君に、完璧に魔法を制御できるようになってもらうつもりだよ」

「……」

「魔法はね、私の生涯をかけた研究テーマそのものなんだ。それを適当になんて、絶対にできないね」

「あ……」

きっぱりと告げられ、私はノエルに対し、とても失礼なことを言ってしまったのだと気がついた。

いつも適当なことばかり言っているノエル。だけど彼にも大事なものや譲れないものがあるのだ。

それが『魔法』。

そういえばノエルは、たくさんの精霊を魔法の実験材料にしたから恨まれたと言っていたではないか。それは恨まれても仕方のないことで、ノエルが今猫になる呪いをかけられているのは当たり前のことなのだろうけど、それは『魔法が好き』『もっと研究をしたい』『突き詰めたい』という思いからきた行動なのだ。

つまりそれだけ彼にとって『魔法』とは大切なもので。

それをそれなりでいいと言ってしまった私は、彼の大切にしているものを踏みにじったのと同じなのだろう。

「……ごめんなさい、ノエル。私、言ってはいけないことを言ったわ」

気づいたのなら謝らなくてはならない。たとえ、許してもらえなくても、謝罪は必要だと思うから。私はそれだけのことをしたのだから。

気まずいのと、いたたまれなさで俯く。

ノエルの視線を感じたが、顔を上げることはできなかった。

ルークも何も言わない。しばらく居心地の悪い沈黙が続いたが、やがてノエルが口を開いた。

「……つまり、真面目に取り組む気があるってことだね？」

「っ！　ええ！」

即座に頷いた。これで渋った日には、それこそノエルは私を見下げるだろうという確信があった。

「ちゃんとやるわ。私にどこまでできるかは分からないけれど、真面目にやる。完璧を目指す。大丈夫よ。私、完璧な令嬢を目指して頑張っているところなんだもの。完璧な令嬢なら魔法の制御だって完璧でないといけないわ。これは私の目標にも沿うこと。だから、やる」

『悪役令嬢』になりたくなくて、その反対である『完璧令嬢』を目指していた私。ウィルフレッド王子にもう『悪役令嬢』ではないとは言われたけど、引き続き『完璧令嬢』を目指してはいるのだ。

だって、アルの隣に立つのなら、それくらいでないとみっともないから。

その完璧な条件に魔法の制御も入れるのだ。そうすればそれは私の目標にもなる。手を抜こうなんて考えないはずだ。

そんな風に自分に言い聞かせていると、ノエルはククッと小声で笑った。

笑われたことに気づき顔を上げる。気味の悪いくらい整った顔が私を見つめていた。

「……君のそういうところは嫌いじゃない」

「え……？」

目を瞬かせる。彼はもう一度、今度は私にも分かるように言ってくれた。

「自分の非を認め、謝罪し、挽回《ばんかい》しようと頑張る姿は嫌いじゃないって言ってるんだよ。……ようし！　私も仕事をゲットできたことだし、公爵様にいいところも見せないといけないからね☆　頑張っちゃうぞー☆　おー☆」

一瞬、真面目な顔をしたノエルだったが、すぐにいつものふざけた声音と表情に戻った。

それに驚いていると、ルークが「お見事です」とノエルに聞こえない程度の小声で言った。

「――なかなか、今のは良かったと思います。お嬢様。お嬢様って、わりと人たらしなところがあるって最近気づいたのですけど……お願いですから、妙なことはなさらないで下さいね」

「妙なことって何よ」

意味が分からない。

むすっとしながらルークを横目で見る。ルークは苦笑いをしながら言った。

「理解できないのなら結構です。説明したってどうせお嬢様には分かりませんから」

「何よ、すごく失礼じゃない」

「だって、お嬢様、さっきの説明で分からなかったんですよね？」

「そりゃ、そうだけど！」

だから説明を求めているのではないか。

じろりとルークを睨む。それを適当に受け流したルークはパンパンと手を叩き、「さてそれでは勉強を始めていただきましょうか」と本来の話の流れに戻したのだった。

◇◇◇

ノエルの授業は、意外にもとても分かりやすかった。

最初はどうなることかと思いながら彼の教えを受けていたのだが、すぐにその分かりやすさに驚くことになった。

大魔法使いなどと呼ばれるくらいだ。ノエルはいわゆる天才型で、人にものを教えるのには向いていないのではと思ったのだが、彼の教えは基本を重視するもので、私でも安心してついていくことができた。

「意外だわ。もっと訳の分からない説明をされると思ったのに」

どうしようもなく本音だったのだが、ノエルは心外だという顔をした。

「魔法は理論と計算だよ。基本がしっかりしていないと、難しい魔法は使えなくなる。君はそのあたりがいい加減なんだ。雑だと言い換えてもいい」

「う」

雑だという自覚はある。

痛いところを突かれたと思っていると、ノエルはさらに言った。

「魔力量は多いのにねえ。でも、だからこそ失敗した時取り返しのつかないことになる。自身のためにも、しっかり学んだ方がいいと思うよ」

「……肝に銘じるわ」

すでに一度やらかしている身である。あの時はノエルが魔力を吸い取ってくれたおかげで助かったが、そうでなければどうなっていたことか。

あんな失敗を二度としないためにも、頑張らなくてはいけないと、私は今までに類を見ないくらい一生懸命頑張った。

とはいえ、そう簡単に魔法が上手くなるようなら苦労はしない。

なかなか上達しない私に、ノエルは優しかった。

「急がば回れって言うしね。君が頑張っているのは分かるから、焦らなくていいよ。のんびりやろう」

そう言って、熱心に指導してくれた。これにはお目付役として見ていたルークも驚いたようで、一回目の授業が終わる頃には、すっかりノエルを私の教師として認めるまでになっていた。

「確かに公爵様の見る目は確かだったようです」

癪《しゃく》ではあるが、頷かざるを得ない。ルークは複雑な表情をしていた。

ノエルはその後、父に挨拶をして屋敷を出て、猫の姿で何食わぬ顔で戻ってきた。

「さすがにこれだけ長い間、元の姿に戻ってると、かなり魔力を消費するなあ。魔法を使わないで、今くらいの時間が限界」

用意しておいた猫用のおやつを出してやると、ノエルは大喜びで食いついた。さっきまでの超絶美形のルーノ先生を覚えているだけに、分かっていてもそのギャップに戸惑ってしまう。

彼はあっという間におやつを食べきると、満足げに毛繕いを始めた。

「ふーっ。やっぱり厨房《ちゅうぼう》の料理人たちが作ってくれるおやつは最高だね☆　魔力は回復しないけど、気力は回復するよ」

ゆらゆらと尻尾が揺れている。そのふくふくとした表情を見ていると、ノエルだと分かっていても、つい、悪戯をしたくなってしまう。ツンツンと身体を突くと、ノエルは「何をするんだい」と私を睨んだ。

「せっかくの幸せなひとときを邪魔しないでもらえるかな、ゴシュジンサマ」

「そんなつもりじゃなかったのだけれど、つい。ごめんなさい。ねえ、聞いてもいい？　人型を取ると、魔法は使えないの？　さっき教えてくれた時もノエルは一切魔法を使わなかったわよね？」

「うん？　まあね」

ノエルはあっさりと頷いた。

「呪いに反抗して人型を取っているわけだからね。人型を維持するだけでも相当の魔力を使う。その上さらに魔法をというのは、難しいよ。不可能ではないけど、もし使えば、あっという間に今の姿に戻ってしまう。だから、ゴシュジンサマの家庭教師をしている時は、基本私は魔法を使わない。覚えておいてくれたまえ」

「分かったわ」

「魔力を溜めるのにも時間がかかるからねえ。本当、この身体は不便だよ」

やれやれと言いながら、ノエルは大欠伸をした。

どうやら猫の姿の時は、猫の本能が勝るらしい。すっかり眠たくなったらしく、ノエルは日当たりの良い場所に移動し、丸まって昼寝を始めた。

「……本当、こうしているとただの猫にしか見えないのに、不思議だわ」

「そうですね。でもまあ、お嬢様の家庭教師としては十分及第点でしたし、よしとしましょう」

ルークがノエルの餌皿を回収しながら言う。それに私も同意した。

「ええ、素晴らしい教師だったわ。……今までの先生の誰よりも分かりやすかったもの」

今まで私の魔法が下手だったのは、教え方が悪かったからではないかと思うほどの違いを感じた。

それを告げると、ルークも頷く。そうして、何故か苦虫を噛み潰したような顔をした。

「ルーク？」

「いえ、ちょっと思っただけです。お嬢様の家庭教師の話、殿下がお聞きになればどのようなお顔をなさるのだろうか、と」

「……」

思わず、黙り込んでしまった。ちょっとそれは考えたくない。

「……アルには家庭教師の先生が来たとだけ言えば……」

「お嬢様がそれでいいとおっしゃるのなら従いますが、本当にそれでよろしいのですか？」

「よろしいわけないじゃない……！　言ってみただけよ」

ぶんぶんと首を横に振った。

まさか、本気のはずがない。

それでなくとも、アルにはノエルには注意して欲しいと言われているのだ。家庭教師の件は父の決定で私にはどうしようもなかったことだが、それを秘密にして、万が一彼にバレた場合、言い訳のしようがない。

それに――。

「もし、アルに同じことをされたら、絶対に嫌だと思うもの。ちゃんと話すわ」

「ええ、それがよろしいかと」

ノエルに家庭教師になってもらった、などと言えば、今は呼んでいない契約精霊のノワールも怒り狂うと思うのだが、さすがに彼の方まで気にしてはいられない。

それに、ノエルと犬猿の仲ということもあり、用事がない時以外は呼ばないようにしているのだ。できるだけ呼んで欲しいとは言われているが、（ノエルを見張りたいかららしい）ノワールがやたらとノエルに突っかかるので、私としては勘弁して欲しい。

仕方ないので、ノエルが留守にしている時などに呼ぶようにしているのだが、それもノワールは気に入らないようだった。

だけど、ノエルはノワールのように自分の世界に帰ったりはできないのだ。彼の家は別にあるのかもしれないが、少なくとも今はうちの屋敷が彼の家。そうなると、どうしたってノエルの方を優先せざるを得なくなってしまう。

——申し訳ないけど。

基本、精霊というものは、必要とする時以外は呼び出さないのが普通なのだ。ずっと呼び出しているなど非常識だし、できれば今の扱いで我慢して欲しい。

「頭が痛いわ……」

とりあえず、アルには直接話をしよう。手紙にすると、変に誤解されるかもしれない。アルの顔を見て説明するのが一番いいはずだ。

「アル……。いつなら訪ねても大丈夫かしら」

私は溜息を吐きながら、机の引き出しを開け、彼とのやり取りに使っている便箋を取り出した。

◇◇◇

アルに、『できれば早めに会いたい』という旨の手紙を送ったところ、『三日後なら城で会える』という返事が届いた。

約束当日、私は登城用のドレスを身に纏い、馬車に乗って城へと向かった。

着たのは赤のドレスだ。以前はよく好んで着ていた色だが、最近は派手だという理由でずっと避けてきた。

だけど、アルの目の色は綺麗な赤をしているのだ。大好きな人の瞳の色。それと合わせた服を着たいと思って何が悪いのか。

赤でも、力強い印象にならなければよい。そう思った私は、赤に黒を合わせるという大好きな色の組み合わせを止めることにした。それだけで随分と印象が変わるのだから不思議なものだ。

ロッテも絶賛してくれたし、たとえそれがお世辞だとしても、少なくとも『悪役令嬢』には見えないはず。

そんな風に自分に言い聞かせながら案内の兵士の後に続いて、城の廊下を歩く。兵士はアルの部屋の前まで私を案内した後、一礼して戻っていった。

一つ深呼吸をし、気持ちを整える。

「リリです」

「入って」

ノックをして名乗ると、アルの声で返事があった。

扉を開け、中へ入る。アルは窓辺に立っていた。

「アル」

「……リリ。こっちにおいで」

「？　はい」

来た早々、手招きされ、不思議に思いつつも側に寄った。アルは窓の外を指さす。

「僕の部屋からはちょうど庭が見られるようになっているんだけどね、ほら、あそこ」

「あっ……」

アルが指さした先を追うと、そこにはクロエとウィルフレッド王子がいた。

彼らは中庭に設置されたベンチに座り、楽しげに語らっている。

「クロエ？」

「友人になったのだからって、誘ったようだよ。中庭なら人目もある。カーライル嬢も断らなかったみたいだね」

「……楽しそうです」

遠目ではあるが、クロエは以前までとは違い、自然体のように見えた。ウィルフレッド王子の言葉に頷き、笑みを浮かべている。

「ね？　驚いたでしょう？」

「……はい」

本当に吃驚だ。驚愕しつつも二人の姿から目を離せないでいると、アルが苦笑しながら言った。

「僕もさっき見つけて吃驚したんだよ。君がそろそろ来るだろうからって書類を片付けてふと外を見たらさ、あれなんだから」

「アルも知らなかったんですね」

「知ってたら、真っ先に君に教えたよ」

「そう……ですよね。すみません」

クロエも教えてくれればよかったのにと思ったが、友人と会うのにいちいち教えろというのも違う気がする。クロエとウィルフレッド王子が友人になったことは現場を見ていたから知っているし、友達づきあいなら彼女も気軽に応じることができたのだろう。

二人の距離は遠すぎず近すぎずといったところで、端《はた》から見れば仲の良い男女が談笑しているようだった。

「でも、良かった……ちゃんと友人として接して下さっているのね」

クロエが楽しそうで何よりだ。心から安堵してそう言うと、何故かアルは微妙な顔をした。

「アル？」

「……本当に、リリにはそう見えるの？」

「え？」

アルの意図が分からず、首を傾げる。彼は再度クロエたちに目を向けると、私に言った。

「あんな目立つ場所で、第二王子が年頃の女性と親しげに話している。それもどう見ても楽しそうに。目撃者は皆、思うだろうね。第二王子はあの女性を狙っているのだ、と。実情はどうあれ、二人の関係を知らない人たちは、皆、彼らを友人同士だなんて思わない」

「あ……」

「今日、彼らを目撃した者たちは間違いなく、カーライル嬢を弟の婚約者候補の女性だと思い込む。なんだったら、ようやく第二王子も相手を決めたようだと、あっという間に噂は広がると思うよ」

「そ、そんな……誤解なのに。どうしよう、誤解を解かなきゃ」

「誤解、ね。少なくとも、ウィルは分かってやっていると思うよ。——あいつは僕の弟だって前にも言ったでしょう。少し前までがおかしかっただけ。あいつが本気を出せば、好きな女性の一人くらい簡単に落とせるはずなんだよ。どちらかというと、今のあいつの方が本来の姿だと思う」

「……」

アルの話を聞き絶句した。まさか、ウィルフレッド王子がそんな方法を取ってくるとは誰が思うだろう。少なくとも私は考えもしなかったし、多分クロエも、今現在だって気づいていないはずだ。

「ど、どうしよう。クロエに教えなきゃ……」

「どうやって？　二人が話している間に割り込みにでも行くの？　いくら君でも、第二王子相手に、さすがにそれは賢くないと思うけど」

「えっと、じゃあ……どうすれば……」

クロエを助ける方法が分からない。気持ちだけが急《せ》いていると、アルはゆっくりと首を横に振った。

「リリ。これは二人の問題だよ。これまではウィルのやり方に問題があった。だから僕も仲裁したり邪魔をするのを手伝ったりした。でもね、確かにちょっとずるい方法かもしれないけど、今回ウィルは何も間違ったことはしていない。きちんとカーライル嬢に許可を取り、彼女が安心できる場所で話しているだけだ。実際彼女も、リラックスしているようだしね。それともリリにはカーライル嬢が緊張して、困っているように見える？　ウィルが無理強いしているように見える？」

「……見えません」

実際見えないので、嘘は吐けなかった。アルは私の答えに頷き、更に言った。

「だとしたら、僕たちが介入するのはおかしいよ。恋愛は駆け引きだ。ウィルが友人だと言ったことで警戒をなくし、カーライル嬢が今、自分たちが周りからどう見られているのか気づいていないのは確か。だけどそれはカーライル嬢が気づくべき問題で、僕たちがわざわざ言ってあげることではないよね？」

「それは……そうかもしれませんけど」

「ウィルもウィルなりに考えているんだよ。まあ、外堀を先に埋めようとするやり方は確かに褒められたものではないかもしれないけど、うちの家系は代々そういうところがあるから、申し訳ないけどその点については諦めてくれとしか言えないしね」

「え？　そうなんですか？」

「そうだよ。欲しい相手の周りを囲うのは基本だよね」

平然と言われ、そうか、基本なのかと納得しかけたが……そんなことはないはずだ。

首を傾げていると、アルは私をソファへと誘った。

「ウィルたちのことは放っておけばいいよ。彼らも自分のことは自分で責任を取れる年だしね。僕たちのお節介はここまで。僕としては、弟たちのことよりこれからの僕たちについて話したいって思うけどね」

「これから……ですか？」

「そう。君は僕の花嫁になることが決定したわけだし、そういう意味での今後のことかな」

「っ……！」

はっきり言われると照れてしまう。もちろん、とても嬉しいのだけど。

とはいえ、今日はその前に、話さなければならないことがあるのだ。

「アル、先に私の話をしてもいいですか？」

「そういえば、できるだけ早く会いたいって言ってたね。僕に会いたくて、寂しかったのかなって都合のいいことを考えていたんだけど違ったのか。残念」

「……そ、それもありますけど」

基本アルに会いたいのはその通りなので、否定はできない。

私が肯定したことに気を良くしたアルが笑顔で話を促す。それに申し訳ない気持ちになりながら、私は家庭教師がノエルになった話をアルにした。

◇◇◇

「――ということなんです」

「……ふーん」

話が終わり、私はそろそろとアルの顔を見た。アルの表情は穏やかではあったが、一目見ただけで、彼の機嫌が最悪だと察することができた。

「……あの、アル？」

「気分が悪いなあ」

「えと……あの」

「ノエルが、君の家庭教師になったって？　ただでさえ、猫だというアドバンテージを利用して、君の屋敷に棲《す》み着いているあの男が、今度は家庭教師？　本当、ふざけているよね」

「……」

アルの声が怖すぎて、反論することもできない。

彼が怒るだろうとは予想していた。だけど、こんなに怖いとは思ってもいなかったのだ。

「人型になったノエルと二人きりで個人レッスンか。ふうん……」

「あ、あの！　ルークもいますから！　二人きりではありません！」

焦って否定した。だけどアルの機嫌は悪いままだ。

「そう。二人きりではないんだ。それは良かった。もしそうなら、害獣駆除をしなければならないって決意したところだったからね。でもねえ、家庭教師、ねえ？」

「……」

アルがゆっくりと足を組む。その仕草に恐怖を感じるのは何故なのか。

そして自分が悪いわけではないはずなのに、謝ってしまいたくなるのは何故なのか。

これが王者のオーラというものなのだろうか。私には全く太刀打《たち》ちができない。

ブルブルと震えていると、私が怖がっていることに気づいたのか、アルが自らを落ち着かせるように息を吐いた。

「……ごめん。大人げなかったね。君が悪いわけではないのは分かってる。公爵が決めたことなら君が逆らえないのは理解できるし。でも、どうにも腹が立ってしまって」

「も、申し訳ありません」

無意識に謝罪の言葉が口をついて出た。アルがそんな私を見て苦笑する。

「だからどうして君が謝るのかな。もしかして僕、相当怖い顔をしていた?」

「……はい」

「うーん。君に怒っていたわけじゃないんだけどね。まあでも、こうして直接話しに来てくれたのは嬉しかったよ。人伝《ひとづて》に聞いたり、手紙で読んだりでは受ける印象も変わるだろうし」

直接会うという判断は正解だったようだと分かり、胸を撫で下ろした。ホッとしているとアルがぼやくように言う。

「特に僕はノエルに対して、かなり警戒しているからね。首輪があるから、君に害が及ぶとは思っていないし、君があいつに絆されることもないと信じているけれども、ノエルが君に惚れるかもというのは心配してる」

「そんな……ありえません」

相手は私が生まれる前から大魔法使いと呼ばれていたような人だ。それに、ノエルは人を好きになる感覚が分からないとも言っていた。そんな人が、小さなことでいちいち一喜一憂するような私に惚れるとは、とてもではないが考えられない。

そういうことを告げると、アルは困ったように微笑んだ。

「君の言うことも一理あるとは思うんだけどね。何せ、今のあいつは猫でもあるから。飼い主である君には拾ってもらった恩もあるわけだし、大切に世話をされているという自覚もある。今回、家庭教師に立候補したのも、その恩があるからってところでしょう？　でもね、話に聞いたノエルという人物は、そんな面倒なことをしない男なんだよ」

「え……」

「人のことを気にする余裕があるのなら、自分の魔法の研究に没頭していたい。僕もあれからハイ・エルフで『あなぐら』の所長だったノエルのことを独自に調べてみたんだ。魔法のためなら何を犠牲にしても厭《いと》わない。女性は好きだけど、遊んで最後は捨てるだけ。基本他人になんて全く興味のない男。それがノエルなんだよ」

「で、でも……」

家庭教師としてのノエルは優秀だった。私が、何が分からないのか随時気に掛けてくれたし、つまらないところで詰まっても苛々した態度の一つも取らなかった。他人に興味がない人ではできない授業の仕方だろう。

反論すると、アルはこれ以上なく渋い顔をした。

「だから僕は心配しているんだよ。他人に興味のなかったはずの彼が、明らかに変わっている。それは猫になっていた期間が長かったからかもしれないし、死にかけのところを君に拾われたからかもしれない。だけど、理由がどうであれ、ノエルが君には優しくしているという事実が僕には気に掛かるんだよ」

「さすがに気にしすぎだと思うんですけど」

「だったらいいんだけどね」

大仰な溜息を吐き、アルは疲れたように笑った。そうして私を見据え、はっきりと言う。

「もちろん、ノエルが君に惚れたとしても、僕は君を手放さないよ。そんなの当たり前じゃないか。こっちはようやく婚約者として堂々と君を披露できるようになったばかりだっていうのに。君は僕の花嫁になるんだ。それ以外の未来は許さない」

「わ、分かっています。私も、アル以外は嫌ですから」

激しい言葉が嬉しくて、私は思わず俯き、頬を染めた。

アルに愛されている。それをヒシヒシと感じ、幸せでたまらなかった。

アルが立ち上がり、こちらへやってくる。

私の隣に座ったアルは、私の肩を抱き寄せた。

「あ、あの……」

「顔を上げてよ。僕の言葉に喜んでくれている君の可愛い顔が見られないじゃないか」

「っ！」

どうやら私が喜んでいたのはバレバレだったようだ。

そろそろと顔を上げる。アルは砂糖を煮詰めたような甘い表情で私を見つめていた。

「君にかかると、僕の醜い嫉妬もあっという間にどうでもよくなってしまう。そんなに可愛い反応をされたんじゃ、嫉妬しているのも馬鹿らしくなるからね。ああ、僕のことが好きなんだなって一目で分かるよ」

「だ、だからいつもそう言って……」

「でもねえ、嫌な気分になるのはどうしようもないよね。君は外見だけじゃなく内面も可愛いから、モテるのは仕方ないって分かってるんだけど、君の魅力に気づくのは僕だけでよかったっていうのが本音かな。いっそのこと、君がウィルの言う『悪役令嬢』のままだったらよかったのに」

「そんな私では、アルに愛していただけません」

以前の私は、そう断言できるほど本当に酷かったのだから。

だがアルは懐疑的だった。

「そうかなあ。僕、どんな君でも愛せる自信があるんだけど。君の我が儘なんてきっと可愛いものだって思うし、僕だけに我が儘を言ってくれるのなら大歓迎なんだけどな。『悪役令嬢』万歳だ」

「アル……」

それでは私の掲げてきた目標が台無しになってしまう。

微妙な顔でアルを見ると、彼はクスクスと笑いながら謝った。

「ごめん、ごめん。君の努力を否定しているわけじゃないんだよ。今の君の方が可愛いのは事実だしね。でもほら、今日は珍しく赤いドレスを着ているから、つい、初めて会った時のことを思い出しちゃって」

「や、やっぱり『悪役令嬢』っぽいですか？」

自分では気をつけたつもりだったし、ロッテも大丈夫だと言ってくれたが、やはりアルには以前の私を彷彿《ほうふつ》とさせてしまったようだ。

赤なんて着るのではなかったと後悔していると、アルが穏やかな声で否定する。

「いいや。大人っぽくてとても綺麗だと思うよ。上品だし、君によく似合ってる。でも、わざとかは知らないけれど、赤って僕の前では最初の時以外見なかったから」

「強すぎるイメージかと思って避けていたんです。でも、赤はアルの色だから……どうにか上手く着ることができたらってずっと思っていて」

「僕の色？　……って、ああ、目のことかな？」

「はい」

頷くとアルは頬を緩めた。

「僕のことを意識して、そのドレスを着てくれたんだ。……ほんっと可愛いな」

そうして、額に唇を落としてくる。

その触れ合いがあまりにも優しくて、なんだかとても恥ずかしく感じてしまった。

「ア、アル……止めて下さい。恥ずかしいです」

「恥ずかしい？　どうして？　僕はただ、愛しい婚約者の額に口づけを贈っただけだよ？」

「それが恥ずかしいんです……」

肩を抱き寄せられている状況。アルの体温さえ感じられる距離での触れ合いは、どうしたってなかなか慣れることができない。

嫌なのではなく、どうしようもなく胸が高鳴るから。

「せっかくリリが可愛いんだけどな。残念」

心底残念そうに言い、アルは私を解放してくれた。

残念なようなホッとしたような……複雑な気分だ。

そのままアルは私の隣に腰を落ち着けることにしたようで、ソファに深く腰掛け直した。

「ま、ノエルのことは分かったよ。腹は立つし、考えれば考えるほど嫉妬してしまうけど、とりあえずは現状維持の様子見でいこう。確かに、ノエルがリリに惚れると決まったわけでもないしね。優秀な教師なら、リリのためになるのだろうし、そこは目を瞑るよ」

「良かった……ありがとうございます」

「それよりは、婚約式のことを考えたいしね。婚約式が終われば、それこそ君は名実共に僕の婚約者で、誰も手が出せなくなる。ノエルのことなんかよりそっちだよ」

手を組み、うんうんと頷くアル。

それに私は内心「あ」と声を上げていた。

それは何故かと言えば、すっかり婚約式のことを忘れていたからだ。

——婚約式。

王侯貴族が婚約する時に執り行う儀式のことだ。

ローズブレイド王家では、婚約式は、結婚する相手の条件が全て揃った時に行うと決まっている。

今までの私は、婚約が内定していたというだけ。諸外国に向けて、盛大に式を執り行うことで、アルの——ローズブレイド王国第一王子の正式な婚約者と認められるのだ。婚約式が終われば、婚約破棄など国の面子《めんつ》にかけても許されないし、それこそ結婚まで一直線。

その婚約式を執り行う条件が、精霊と契約すること。

つい先日ではあるが、条件を満たした私は婚約式を行えるようになったと、そういう話だった。

何度かアルも婚約式のことは口にしてくれていたのに、今の今まで忘れていたのは、私もいっぱいいっぱいだったから。

ノエルのことやクロエとウィルフレッド王子のこと、そして家庭教師の話と、このところ色々なことが目白押しすぎて、息をつく余裕もなかったのだ。

そして、精霊契約できたことが嬉しすぎて、すっかりそれで満足してしまったからという理由もある。

これでアルと結婚できると浮かれ、その後にある婚約式にまで気がいってなかったのだ。

ようやく婚約式のことを思い出した私に、アルが真剣な声で尋ねてくる。

「結婚式は、君が成人するまで待たなければならないけど、婚約式なら条件さえ揃えばいつでも執り行える。ただ、婚約式をしてしまうと、もう婚約破棄は許されないよ。君は僕と結婚するしかなくなるんだけど――覚悟はあるよね？」

「はい」

一瞬も迷わず頷いた。

色々ありすぎて、そして結婚できるという事実に浮かれすぎて、その間にある婚約式の存在をすっかり忘れてはいたが、彼との結婚が確約されることは私にとっては喜びでしかない。

国内外に認められる、アルの正式な婚約者。

もう、どんな女性がアルに近づこうと、何を言われようと、この婚約を覆すことは誰にもできないのだ。

あまりの安心感に、涙が出そうだった。

私の反応を見たアルが嬉しそうに言う。

「良かった。大丈夫だとは思ったけど、実際の君の反応を見るまで実は少しだけ心配だったんだ。少し考えさせて下さい、なんて言われたらどうしようって」

「嘘ばっかり。そんなこと思っていらっしゃらなかったでしょう？」

私がアルを慕っていることを、彼はよく知っているはず。そういう気持ちで小さく睨むと、アルは声を上げて笑った。

「バレバレだったね。そうだよ。君が断るなんて、あり得ないって思っていたよ。だって君は僕のことが好きだから」

「アルってば……」

「そして僕も君のことが好きで好きでたまらないわけだからね。そんな二人が正式に婚約式を行うのは当然の流れだと思わない？」

ね、と上目遣いで同意を求められ、そのあまりの色気に身体中の血が沸騰するかと思った。

「で、僕としてはノエルの件もあるし、できるだけ早く行いたいって考えているんだけど。君はどうかな？」

「私も……その、早くアルの正式な婚約者として認められたいです」

正直に話すと、アルは目に見えて上機嫌になった。

「うん。じゃあ、できるだけ早く行うことにするね。婚約式の参加者は国内貴族だけだから、そんなに時間はかからないと思う」

「はい」

「明日、とかでも僕はいいんだけど、さすがにそれはね。君に逃げられそうならそれも考えたかもしれないけど、君は楽しみにしてくれているようだし、それならまあ、二週間後くらいでいいかな」

「二週間？」

「ん？　遅すぎる？」

「いいえ、早すぎると言いたかったんですけど」

どれだけ早くてもひと月先、余裕を見て三カ月ほど先が妥当だと思っていた。予想外の早さに驚いたのだが、アルは当然のように言った。

「結婚式のように外国の招待客がいるわけではないしね。夜会の延長のようなものだから、用意に時間はかからないよ。相手を捕まえて、結婚できる条件が整ったのなら、気が変わられる前にさっさと婚約式を挙げてしまうのが代々のローズブレイド王家のやり方だしね。父上なんかも、条件が整って次の日には婚約式を決行したクチらしいよ。それに比べれば、十分ゆっくりだと思うけど」

「……そう、ですか」

時折話題に出てくる、ローズブレイド王家のあれこれを聞く度に、なんだか不安になってくる。

だけどもアルとの結婚は私が望んだことだ。それに、早く彼の婚約者として正式に認められたい気持ちは強かったので、もう気にしないことにして、あとはただ、アルの言う通り頷いておいた。

◇◇◇

婚約式は、二週間後の週末ということで正式に決まった。

第一王子であるアルと私の婚約式が執り行われることが王家から正式に発表され、王都は祝福のムード一色だ。

そんな中、私は一人カーライル伯爵邸を訪れていた。

アルに止められはしたが、どうしてもクロエの意向を確認したかったからである。

馬車を降りると、出迎えに来てくれたクロエは嬉しげに私を歓迎してくれた。彼女の部屋に案内され、人がいなくなったのを確認してから口を開く。

「ねえ、クロエ。最近、ウィルフレッド殿下とはどうなの？」

いきなりの問いかけに、クロエは目を丸くした。

「どうしたの、いきなり。別に、普通だと思うけど。ウィルとは親しい友人づきあいをさせていただいているわ。話も合うし、一緒にいてすごく楽しいの。最初からこんな風に話せればよかったと思うくらい」

「そう……」

やっぱりクロエはウィルフレッド王子に外堀を少しずつ埋められていることに気づいていないようだった。

一瞬、ウィルフレッド王子の思惑について語ってしまおうかと考える。

だけど、同時にアルの言葉を思い出していた。

今回ウィルフレッド王子は、別に卑怯《ひきょう》な真似をしているわけではない。クロエに無理強いしているわけでもないし、ただ、好きな人をどうにか手に入れようと画策しているだけだ。

その画策の仕方がどうなのだろうと思わなくもないが、それがローズブレイド王家の男とアルに言われてしまった私としては、否定もしにくい。

応援はできなくとも、邪魔もできないというのが本当のところだった。

「？　どうしたの？　ウィルがどうかした？」

「……いいえ。ただ、ウィルフレッド殿下は本当にクロエのことが好きなんだなって改めて思っただけよ。この間も、あなたたちが城の庭で仲良く話しているところを見かけたから」

邪魔はしないが、彼が未《いま》だ恋心を抱いていることくらいは伝えておいてもいいだろう。私には、友人同士の親しい付き合いにしか見えなかったが、実の兄であるアルが言うのだ。そこは彼の見立ての方が正しいに違いない。

精一杯の忠告のつもりでクロエに告げる。クロエはきょとんとした後、「見られていたのね」と納得したように笑った。

「なんだ。あの時、リリも城にいたのね。気にせず声を掛けてくれたらよかったのに」

「その……アルと会っていたから」

「アラン殿下と？　なら仕方ないわね。恋人同士の邪魔はできないわ」

頷くクロエだったが、私としても聞いておきたい。

「ね、ねえ、クロエ。あんなに無防備で大丈夫？　その、クロエにその気がないのは知っているけど、ウィルフレッド殿下の方は違うんだからもう少し気をつけた方が……」

私の心配をクロエは笑い飛ばした。

「何言ってるのよ。ないわ。だって、本当に親しい友人づきあいをしているだけだもの。もう向こうも私に対してそんな気持ちを抱いていないと思うわ」

「そ、それはどうかしら」

「リリ、あなたがアラン殿下と結婚するからって、なんでも恋愛と繋げない方がいいと思うわ。ウィルにも失礼よ」

なんとか食い下がろうとしたが、逆に窘められてしまった。

そこまで言われると、私の方も、それ以上は言いづらい。

「クロエが大丈夫だって言うのならいいけど……その、クロエは無理強いなんてされてないわよね？　あの日も庭にいたのはクロエの意志だった、で間違いないのよね」

「そうよ」

私の質問に、クロエは肯定した。

「やっぱり、恋人というわけではないんだし、オープンな場所の方がお互い気を遣わなくていいんじゃないかって思って。そう提案したら、ウィルが城の庭で散歩しながら話せばいいって言ってくれたの。他に人もたくさんいたし、安心して話せたわ。大丈夫よ、リリ。ウィルと友達になってから、一度も無理強いなんてされたことないから」

「そう。あなたの意志なのね」

それならもう黙っておこう。

クロエは笑顔だし、ウィルフレッド王子との付き合いも楽しんでいる。そんな状態でこれ以上文句をつけるのは、さすがに友達といえども、していいことではない。

「その……後悔だけはしないようにね」

「？」

首を傾げるクロエ。その仕草はとても可愛らしかったが、私にはウィルフレッド王子に捕まる彼女の姿が見えるような気がした。

——クロエの気持ちも知っているし、ヴィクター兄様とくっつけばいいと思っていたのだけど。

これでヴィクター兄様がクロエを気に掛けているのなら、兄様をせっつくところだが、兄様はユーゴ兄様の世話を焼くことに忙しい。下手をすればクロエの存在自体忘れている可能性だってある。

ウィルフレッド王子のことを兄様に告げ口しても意味はないのだ。

――まぁ、クロエの気持ちがウィルフレッド殿下に向くのなら、それはそれでいいか。

二人が両想いなら、それこそ私に口出しする権利はない。

私はただ、クロエが傷つかなければ、彼女が幸せになってくれるのなら満足なのだ。

感情の落としどころを見つけ、頷く。

そうだ。クロエが将来の私の義理の妹になるのなら、それはそれで大歓迎ではないか。

――義理の姉になるのも悪くないとは思っていたけど、妹というのもいいわね。

むしろその方が私的には楽しいかもしれない。

そんな風に考えていると、クロエがポンと楽しそうに手を打った。

「そういえば、いよいよ婚約式が決まったのね！　昨日、公示を見たわ。おめでとう！」

「ありがとう」

「二週間後なんて、随分急だって思ったけど」

「アルにはあれでもゆっくりなんだって。そうおっしゃられていたわ」

「え？　本当に？」

驚愕の顔をするクロエに、真顔で頷いてみせる。クロエは信じられないと首を横に振った。

「すごいわね。でも、アラン殿下はリリのことがすごく好きみたいだから、これも殿下にとっては当たり前のことなのかもしれないわね」

「そ、そうかしら」

「きゃあ！　リリ、赤くなってる。可愛い！」

「もう、からかわないでよ！」

クロエがコロコロと笑う。

「式にはお父様しか行けないのが残念だけど、後で私にも祝わせてね」

「今、おめでとうの言葉をもらっただけで十分よ」

「そんなの駄目。あのね、実はウィルと、二人を祝おうって話をしているの。だから、楽しみにしていて！」

「……本当に仲良くなったのね」

まさかウィルフレッド王子と一緒に祝ってくれるとは思わなかった。唖然としていると、「ウィルがね、提案してくれたの」とクロエは嬉しそうに言った。

「何か贈り物がしたいって言ったら、『オレも兄上に贈り物がしたいと思っているから、一緒にしてはどうだろうか』って言ってくれて。アラン殿下のことも一緒にお祝いできるなら素敵だなって思ったんだけど、どうかしら」

「ありがとう。アルもきっと喜ぶと思う」

同時に、「弟にダシに使われた」とも言いそうだけれど。

ゲームがどうとか言うのを止めたウィルフレッド王子は、本当に以前までとは別人のようだ。

そして、至るところでアルの弟なのだなと思うことが増えた。

二人が双子だというのは、今なら少し分かる気がする。

妙なところで納得しつつも立ち上がった。今日は帰ったら、ドレスの仮縫いがあるのだ。

「婚約式が終わって落ち着いたら、また一緒に孤児院へ行かない？　子供たちもあなたが来るのを待っているわ」

帰り際、クロエからの誘いに私は「ええ」と頷いた。

◇◇◇

「どうしたのかしら」

屋敷に帰ると、妙に中がざわついていた。

とりあえず、ルークを呼ぶ。

いつもなら、呼ばれる前に待機しているはずの執事がいないことが不思議だった。

「ルーク、ルーク！」

返事がない。

どうしたのだろうと思っていると、私が帰ってきたことに気づいた使用人の一人が声を掛けてきた。

「お嬢様！」

「ねえ、ルークを知らない？」

主人が帰ってきたのに、出迎えないなど専属執事失格だ。一体彼はどこにいるのかと、少し苛つきながらも尋ねてみると、使用人からは「ルークは今、公爵様の元にいます」という答えが返ってきた。

「……お父様の？」

「はい。少し前、城から使者が来て、公爵様にお会いしたいと。しばらくしてルークが呼ばれ――という状況です」

「ふうん。お父様のところにいるんじゃ、仕方ないわね」

しかも城から来た使者も一緒だというのなら、余計だ。帰宅の挨拶をしたいところだが、今は遠慮するべきだろう。

「じゃ、ルークが出てきたら、私が呼んでたって伝えてくれる？　私は部屋に戻るから」

「いえ。その、公爵様はお嬢様がお戻りになったら、お嬢様も部屋に来るようにと……」

「え？　私も？」

全く身に覚えはない。

王宮からの使者。そしてルーク。王宮関連で私に関係ありそうなのはアルのことだとは思うのだが、ルークが関わってくるとなると、分からないとしか言いようがなかった。

それでも呼ばれているのなら行かねばと、私は父の書斎へ向かった。

一体何の話なのか、緊張すると思いつつも、ノックをする。父からはすぐに返事があり、中に入るようにと言われた。

「失礼致します……あっ」

中にいた面々を見て思わず声が出た。

父の書斎。渋い顔をして立つ父と、その横に気まずそうに控えるルーク。父の目の前には王宮からの使者だと思われる見知らぬ人物。そしてもう一人、以前、街でルークに声を掛けてきた男性がいたのだ。

「あなた……どうして」

驚きすぎて、声が掠れる。何故ここに、この人物がいるのか本気で分からなかった。

「またお会いしましたな。ウェズレイ王国の宰相補佐、ヴィエリ・リンヴァードでございます」

入ってきた私に気づいた壮年の男性——ヴィエリは、実に優雅な仕草で挨拶をした。それに戸惑いつつも、慌てて返す。

「失礼致しましたわ。リズ・ベルトランでございます。それで、お父様、私をお呼びと伺いましたがどのようなご用件でしょう」

挨拶をし、父に目を向ける。

外国の宰相補佐が、何故うちの屋敷に来ているのか。

説明を求めるように父を見ると、父は「うむ」と言いづらそうな顔をした。

それでも言わなければ始まらないとは分かっているのだろう。諦めたように口を開いた。

「その、だな。使者の方からいただいた王家からの書簡によると、お前の専属執事のルークは、天涯孤独の身などではなく、ウェズレイ王国のソワレ大公の孫という話なのだ」

「は？」

開いた口がふさがらないとはまさにこのことだった。

父が何を言い出したのか、他に客がいなければ、おかしくなったのかと真面目に問い返していただろう。

だって、ソワレ大公の名前は私でも知っている。

ウェズレイ王国の現国王の王弟。王族の地位を降り、大公の位を得ている方だが、老齢にもかかわらず、軍部を纏め上げている鬼将軍としても有名だからだ。

隣国ウェズレイ王国の兵士たち、特に親衛隊と呼ばれる精鋭は、皆、一騎当千と言われるほど強く、だけど誰一人ソワレ大公には敵《かな》わないのだとか。

そのソワレ大公には一人娘がいたが、市井《しせい》の男と恋に落ち、怒ったソワレ大公は娘を勘当した。娘は男と国を出て行き、その後は行方が分からなかった、はずだ。確か、十五年ほど前の話だったと思う。

「……まさか」

無意識にルークに視線を移す。ルークは珍しくも泣きそうな顔をしていた。だが、現実は残酷だ。

ヴィエリが重々しく頷いた。

「はい。間違いなく、ルーク・フローレス様こそ、今は亡きヴェロニカ様の残された一人息子。ソワレ将軍閣下のお孫様でございます」

「嘘……」

身内は全て亡くしてしまったと言っていたルークが、隣国の大公の孫？

信じられない話に目を大きく見開いた。ルークがまるで言い訳するように言う。

「その……お嬢様。私も知らなかったんです。父も母も祖父のことは何も言いませんでしたから。てっきり私には、父母以外に血縁者はいないのだろうと、今の今までずっと信じてきました。それは嘘ではありません」

「そう……」

ルークが嘘を吐いていたとは思わなかった。ただ、酷く驚いたのと同時に、どこかで納得している自分もいた。

だって、ルークはあまりにもできすぎていたから。

私の優秀な専属執事。

彼は見目が良いだけではなく頭も良かった。まだ十四歳だというのに魔法の才にも優れ、皆に信頼されている。こんな使える男を拾えたことをラッキーだとずっと思っていたけれど。

――ソワレ大公の孫。優秀な大公の血筋だというのなら納得だわ。

そしてそう思うと同時に、どうしてヴィエリがうちの屋敷を訪ねてきたのか気になった。

ルークの身元が分かったのは良かったと思う。だけど、それなら書簡だけでも済む話ではないだろうか。隣国の重要な役職に就く人物がわざわざ来る意味はなんなのだろう。

嫌な予感がする。

それも、とてつもなく嫌な予感が。

「……」

父もルークも私も、何も言えずに黙っている。そんな中、ヴィエリが感に堪えないという声で言った。

「親書をローズブレイド王国に届ける折、偶然、街でルーク様をお見かけしたのです。ルーク様は若かりし頃の閣下に生き写しで。それで思わず声を掛けてしまいました。万が一の可能性もある。お名前をお聞きし、国に戻ってから独自に調査致しました。結果、ルーク様は閣下のご息女、ヴェロニカ様のご遺児であることが判明したのです。話を聞いた閣下は泣いておられました。ヴェロニカ様を勘当したことをずっと悔いていらっしゃったと。そして孫がいるのなら、是非引き取って、ご自分の跡継ぎとして育てたいとおっしゃられました。私は本日、ルーク様を迎えにまいったのです。閣下の代理として」

「っ！」

ある意味、思った通りの展開に、声を上げそうになったが堪えた。その代わりに唇を噛みしめる。

ソワレ大公の跡継ぎとしてルークを育てる。

それはつまり、ルークが私の側から離れてしまうということだ。

これからもずっと一緒にいてくれるものだと疑いもしなかったルークが、いなくなる。想像しただけでも酷い喪失感を私にもたらした。

——ルークが、いなくなるなんて、そんなの嫌。

できることなら、癇癪《かんしゃく》を起こして叫びたい。それくらい受け入れられないことだった。

だけど、それが許されないことくらいは分かっている。

だって、この場で私に発言権なんてない。私を呼んでくれたのは、ルークが私の専属執事だから。

ただ、それだけの理由なのだから。

「こちらのリズ様には、死にかけていたルーク様を拾っていただいたそうで。それにつきましても、閣下は大層感謝しておられました。リズ様に助けていただかなければ、今頃ルーク様はこの世にはいない。本当にいくら感謝しても足りません」

「別に……感謝されたくて助けたわけではありませんから」

ルークを助けたのは、単なる気まぐれ。褒められるようなことではない。

「ルーク……行くの？」

ボソリと呟く。それに答えたのは父だった。

「……先方はそう望んでいらっしゃるようだな。陛下からも書状をいただいている。ルークを引き渡すようにと。そう、ご命令だ」

「そんな……」

「ソワレ大公には、陛下も色々と世話になっているとのこと。孫なら引き取りたいだろうとの仰せだ」

「……」

国王がそう命令を下したということは、もう話は決まっていると同義。

ルークに目を向けると、彼は途方に暮れた顔で私を見ていた。

「ルーク……」

「お嬢様――」

「これまで、ルーク様を預かっていただいたことに感謝します。大公の孫であるルーク様を執事として雇っていたというのは許しがたい暴挙ですが、あなた方は知らなかったことですし、それについては目を瞑ると閣下はおっしゃっておられました」

「目を瞑る……？」

その言葉に真っ先に反応したのは、ルークだった。

ルークはヴィエリを睨み、声を荒らげる。

「誰が、誰に目を瞑ると言うんですか。私は、お嬢様の執事として雇っていただいたことを心から感謝しています。それこそ、お嬢様に拾われていなければ私はあの日、間違いなく死んでいたのですから。あの時、一番助けて欲しかったあの時、私を救ってくれたのはお嬢様だ。そのお嬢様に対し、目を瞑る？　私の祖父だというのなら、感謝以外の言葉は出ないと思います。それとも大公という地位がその傲慢な台詞を言わせるのですか？　もしそうだとしたら、私はそんな人の元になど行きたくない。私の願いは、お嬢様と終生共に在ること。お嬢様の執事として、生きることです。私の決意を、誰にも邪魔などさせないっ……！」

「ルーク……」

ルークの叫びに、目頭が熱くなった。

彼から言葉を投げかけられたヴィエリはといえば、唖然としている。

「ルーク様……」

「お嬢様と公爵様に対する暴言、撤回して下さい。でなければ私は、いくら陛下のご命令といえども、あなたとなんて絶対に行きません」

断固とした口調に、ヴィエリは己の失言をようやく悟ったのか、慌てて口を開いた。

「も、申し訳ありません。ルーク様のお気を悪くさせるつもりはありませんでした」

「その謝罪は私に向けられるべきものではない。あなたは宰相補佐のくせにそんなことも分からないのですか」

「……失礼致しました。発言を撤回致します」

ルークに冷たく言われ、ヴィエリは私と父に向かって深々と頭を下げた。

ただ、呆気にとられるしかない。

謝罪を済ませたヴィエリが、ルークに恐る恐る尋ねる。

「それでその……ルーク様は私どもと……」

「……私がいくら嫌だと言ったところで連れて行くつもりのくせに。……お嬢様と話をさせて下さい。出発はその後でも構いませんよね？」

「は、はい……！」

慌てて頷くヴィエリ。ルークは彼を冷たく睥睨すると、「お嬢様」と私を呼び、側へやってきた。

「ルーク」

「申し訳ありません。まさかこんなことになるなんて思ってもみませんでした」

まず、頭を下げたルークを見て、彼らしいなとこんな時なのに思ってしまった。

「私には身内なんてもういないと思っていたのに……祖父がいたなんて。それも隣国の大公なんて人物が出てくるなんて想像もしていませんでした」

「そうよね。私も驚いたわ」

ルークの言葉に同意する。彼の服をキュッと摑んだ。

「ねえ、ルーク。本当に行ってしまうの？」

私と一緒に城に来てくれると約束してくれたのは、つい最近のことだというのに。

こんな簡単に破られるものだとは考えもしなかった。

ルークは苦笑し、「はい」と頷いた。

「どうやら、国の命令らしいですから。祖父が圧力を掛けたようで、私が行かなければ、ローズブレイド王国に迷惑が掛かってしまいます」

「そんな……」

「お嬢様のアラン殿下にもご迷惑が掛かる。それは私の本意ではありません」

静かに告げ、ルークは「でも」と言った。

「来いと言われましたから、とりあえずは行きます。ですが、お嬢様。信じて下さい。私は必ずお嬢様の元に戻ってきますから」

「ルーク……」

「大体、お嬢様みたいに危うい方を一人になんてできません。祖父か何か知りませんが、一言挨拶したら、Uターンしてすぐにでも帰ってきます。今まで私を放置し続けてきて、今更、祖父だなんて言われても何も思えませんよ。一番助けて欲しい時に助けてくれなかったくせに、どの面下げて私に帰ってこい、なんて言うんでしょうね？」

「そ、そうね」

「――私を助けてくれたのは、他でもないお嬢様です」

ルークの真剣な声音にハッとした。

彼の目を見る。ルークはゆっくりと言った。

「だから私はお嬢様のために生きたい。……許して下さいますよね？」

その目が、頼むから肯定してくれと言っていた。それに気づいたから、私はいつものように宣言する。

「……そうでなければ困るわ。何のためにあなたを拾ったと思っているのよ」

「私を専属執事にするため、ですよね」

「そうよ。分かっているなら――さっさと帰ってきなさいよね」

ふん、と顔を背ける。ルークは小さく笑った。

「承知致しました、お嬢様。少し時間はかかるかと思いますが、必ず戻って来ますから、それまでお嬢様の専属執事の座は空けておいて下さいね」

「当たり前だわ。ルーク以外なんて考えたこともないんだから」

そう言うと、ルークは満足げな顔で、「ありがとうございます」と答えてくれた。

◇◇◇

大公が待っているからと、ヴィエリは話が終わるや否や、ルークを連れて行ってしまった。

ずっと側にいた執事がいなくなってしまった喪失感が辛く、私は自分の部屋に戻ると、大きすぎる溜息を吐いた。

「おやおや、ゴシュジンサマはお疲れかな？」

「……ルークが隣国へ行ってしまったの」

トコトコとやってきた猫の姿のノエルに答える。喪失感が辛い今、話し相手がいることが有り難かった。

「ルークは、ソワレ大公の孫だったんですって。迎えが来て、行ってしまったわ。国の命令なんて言われたら、ルークも拒否はできないし……」

淡々と事実を告げると、ノエルはひょいとソファの上に飛び乗った。

「へえ。隣国の。じゃ、ゴシュジンサマの執事は誰か別の人物がするのかな」

「……いいえ」

ノエルの質問に首を横に振った。

「私の執事はルークだけだもの。しばらくは、メイドたちだけでいいわ」

「お嬢様がそれではまずいんじゃないのかい？」

それはその通りだったが、私は認めなかった。

「……ルークは戻ってくるって言ったもの。だから、代わりを置くわけにはいかないわ」

「……知ってはいたけれど、君は随分と彼に傾倒していたんだねえ」

「悪い？」

「いいや」

ノエルを睨むと、彼は後ろ足で耳を掻きながら言った。

「別にいいんじゃないかな☆　特定の誰かに捕らわれるという感覚は、私には分からないものだけど、そういうものがあるってことは知っているし。あ、でも、君の場合は、あの王子様がいるからね。え？　ってことは、浮気？」

「どうしてそうなるのよ。ルークは私の執事。アルは恋人。全然違うわ。馬鹿なことを言わないでちょうだい」

ルークとアルでは、向けている感情の種類が全く違う。

同じだと思われるのは心外だ。

さすがにムッとすると、ノエルは「ごめんね☆」と全く反省していない口調で言った。

「じゃ、彼がいない間は私が執事のまねごとをしてあげようか？　何をすればいいのかは、彼を見ていたから大体分かるよ」

「遠慮するわ。大体あなたは、すでに私の家庭教師をしているじゃない」

「それもそうだった☆」

すっかり忘れていたよと笑うノエル。

適当すぎる彼に心底呆れていると、扉がノックされた。

「お嬢様」

声はメイドのものだった。

「何？」

「その、アラン殿下とウィルフレッド殿下がお越しになっています」

「え？」

あり得ない訪問客の名前を聞き、ギョッとした。

アルだけなら、私を心配して来てくれたのだろうと思えたのだが、どうしてウィルフレッド王子も一緒なのだろう。

疑問ではあったが、急いで中に入ってもらうようにと許可を出した。

メイドが扉を開ける。

アルとウィルフレッド王子が部屋の中へと入ってきた。

「リリ、大丈夫？」

「アル……！」

アルがおいでとばかりに両手を広げてくれる。私は反射的にその腕の中へと飛び込んだ。

「アル！　ルークが……！」

「知ってる。だからここに来たんだよ。僕もさっき父上から話を聞いたんだ。ルークはもう行ったのかな？」

「……はい」

頷くと、私を抱き締める腕の力が強くなった。

「力になれなくてごめん。ソワレ大公には父上も世話になっているらしくて、孫を迎え入れたいという彼の希望を断ることができなかったんだ」

「そんな……アルのせいではないのに」

ルークがソワレ大公の孫だなんて、誰にも分からなかったことだ。アルが謝る必要なんてない。

「でも……まさか、こんな風にルークがいなくなるなんて私、思ってもみなくて……」

「うん。それで、ウィルを連れてきたんだけど」

「……？　どういうことですか？」

真意が掴めず、首を傾げる。アルは私の身体を離すと、後ろで呆れたような顔をしているウィルフレッド王子に手招きをした。

「ウィル、さっき僕にした説明をリリにもしてくれ」

「えー。兄上が自分ですればいいじゃん」

「ウィル」

「うっす」

兄上、怖、という小声が聞こえたが、私もアルも黙殺した。

ウィルフレッド王子はこちらにやってくると、面倒そうな顔をしながらも口を開いた。

「……あのさ、ルークも攻略対象なんだよ。兄上やオレ、ヴィクターと同じ」

「え……？」

久しぶりに出てきた攻略対象という言葉に目を見開く。アルを見ると、彼は黙って頷いた。

話を聞けと、そういうことなのだろう。

「ルーク・フローレス・ソワレ。ベルトラン公爵家の執事。天涯孤独とされるが、実は隣国の大公の孫。奴のルートは、自分を虐《しいた》げ続けたお嬢様に復讐《ふくしゅう》するって話なんだけど」

「復讐？」

ルークが、私に？

何を言っているのかとウィルフレッド王子を凝視する。アルが静かな口調で言った。

「ルークはリリに絶対の忠誠を誓っている。復讐なんてあり得ない」

「へいへい。それも話が変わってるってことだろ。分かってるよ。ほんと、全然覚えてた話と違うんだもんな。確かに、これだけ違うのに、一人だけゲーム通りにしようって思ってたオレが馬鹿だったんだよなあ……」

「あ、あの……ルークが攻略対象って……」

思わず口を挟むと、ウィルフレッド王子は「ああ」と頷きながら説明してくれた。

「兄上、オレ、ノエル、ヴィクター、ユーゴ、ルークが攻略対象なんだ。ルークは、執事だと思っていたのが、実は大公の孫だったたって話な。大公の孫として戻って来たルークは、今までの恨みを晴らすべく悪役令嬢のリズ・ベルトランに仕返しを……って、もうあんたには関係ないから。これはオレの覚えているゲームの話だから気にすんなよ？」

「は、はい……」

関係ないと言われても、自分の名前が出るとやはり気になる。そして、ウィルフレッド王子が挙げた名前に青ざめた。

ヴィクター兄様のことは知っていたが、まさかのユーゴ兄様まで。というか、ほぼ私の知り合い全員ではないか。

「ルークの正体くらい、教えておいてくれてもよかったのに。そうすれば、こちらも連れて行かれる前に手を打てた」

悔しげにアルが言う。それに対し、ウィルフレッド王子はポリポリと頭を掻いた。

「オレ、自分のことに忙しくて、関係のないルートまで気にしていられなかったんだよ。それに、ルークの正体が明かされるのは、ルークルートだけなんだぜ？　ノエルもそうだけど、なんで、全員のルートが解放されたみたいになってんだろうな。それともこれが現実ってやつ？」

「お前が知らない話を、僕が知るはずがないだろう。とにかくお前は知っていることを全部話せ」

「大体話したって。あとはその都度聞いてくれよ。秘密にする気はないけど、何を話して、何を話していないのか、ぜんっぜん覚えていないんだから。最近、なーんか、ゲームの記憶が曖昧になってきてるっていうのもあるんだけど」

参ったよなあと嘆くウィルフレッド王子。

二人の話を聞きながら、私は一人、震えていた。

もしかして、もしかしてだけれど、私がルークと仲直りできていなければ、彼は私を恨み、その復讐をするため、大公の孫として私の前に現れたのだろうか。

軽口を交わし、今では唯一無二の存在だとすら思っているルーク。

彼に恨まれ、復讐される未来があったなんて信じたくない。

「ルークは……戻って来てくれるって言ったわ。ずっと私と一緒にいてくれるって」

震えながらも呟くと、アルがすぐに返事をくれた。

「僕も彼を信じているよ。彼の君に対する忠誠は本物だ。きっとすぐに戻ってくる」

「そう……ですよね」

ルークが約束を破るはずがない。自らの手を握りしめ、頷いていると、下の方から声が聞こえた。

「ねえねえ、いつまで私を無視しているつもりかな☆　この部屋には私もいるというのに無視するなんて酷いじゃないか」

「おっと、一番のイレギュラー要素、ノエル様のご登場だ」

ふざけた口調でウィルフレッド王子が言う。しゃがみ込み、ノエルと目を合わせた。

「なあ、あんた、いつまでこの屋敷にいんの？　思い出したんだけど、あんた、無理にリズ・ベルトランの側にいなくても――」

「余計なことを言う口はこれかな☆」

「痛《いて》え!!」

ノエルが短い前足で、ウィルフレッド王子の頬をひっかいた。

「君が私の何を知っているのか知らないけど、お喋りが過ぎると、後で痛い目を見るのは君だよ☆

私の邪魔はしないで欲しいな☆」

「……エセ魔法使い」

「アハハ☆　今度は噛み付いてやろうか」

ギラリと歯を見せるノエルの姿に本気を見たウィルフレッド王子は震え上がった。

「悪い。悪かった。もう言わない！」

「ほんと頼むよ。それにね、君だけが他人の秘密を握ってる、なんて思わない方がいい。意外と見られているものなんだからね」

「うえっ⁉」

ギョッとするウィルフレッド王子に向かって、ノエルがにんまりとした笑みを浮かべる。

「例えば昨夜――」

「うわあああああ‼　オレが悪かった！　もう絶対、あんたのことは言わない‼」

「分かってくれて嬉しいよ☆」

「ウィル。その話、僕にも教えて欲しいな」

黙って会話を聞いていたアルが、笑顔でウィルフレッド王子に詰め寄った。

ウィルフレッド王子はぶんぶんと頭を左右に振って、拒否をする。

「何でもない！　兄上には関係のない話だから！」

「ふうん？」

「本当だ！　兄上にも……リズ・ベルトランにも関係ない‼」

「そ……なら、まあいっか」

あっさりと引き下がったアルに、ウィルフレッド王子が愕然とした顔で言った。

「ええー……。自分で言っておいてなんだけど、本当にそれでいいのか？　……兄上って、時々、すっげえチョロい時があるよな」

「おや？　追及して欲しくなかったんじゃなかったのかな？」

「嘘です！　冗談です！　勘弁して下さい、兄上！」

「本当にお前は……」

どこか呆れたようにアルは言い、そうして次に私を見た。

「リリ」

「は、はい……！」

慌てて返事をする。姿勢を正すと、アルは真剣な顔をした。

「とにかく、僕たちにできることは、ルークを信じることだけだよ。彼が戻ってくると言ったのならきっと戻ってくる。そうでしょう？　大体、君はそんなことよりも考えないといけないことがあるじゃないか」

「考えなければいけないこと、ですか？」

一体何の話だろう。小首を傾げると、アルは明らかに機嫌を損ねた。

ウィルフレッド王子とノエルが、ぷっと噴き出す。

「わー、兄上、可哀想」

「おやおや、あの執事くんに負けているみたいだね☆」

「……腹立つなあ。……ねえ、リリ。もうすぐ僕たちの婚約式があること、忘れていないよね？」

「も、もちろんです！」

アルとの結婚が確定する婚約式。私もとても楽しみにしているそれを忘れるなどあるはずがない。

勢い込んで頷くと、アルは疑わしげな顔をしつつも言った。

「それならいいけど。でもさ、不公平だよね。僕は君との婚約式のことしか考えたくないくらい浮かれてるっていうのに、君はそれほどでもないんだから」

「そんな！　私、すごく楽しみにしています！」

酷い誤解だ。だがアルは懐疑的だった。

「嘘だ。だって、ルークのことばっかり気にしているじゃないか」

「それは……突然だったから」

「でも、今君が考えて、どうにかなる問題でもないよね？」

「……はい」

それはその通りだったので頷く。

アルは自らを落ち着かせるように息を吐き、私の頭を優しく撫でた。

「アル？」

「僕はね、心が狭いんだよ」

「？」

「君には僕のこと以外考えて欲しくないって思うくらいにはね。だからさ、あんまりルークのことばっかり言ってると、彼が帰ってきた時、城に迎え入れることを嫌がるかもしれないよ？」

「え？　アルが？　まさか」

ピンとこなかったが、アルの後ろにいたウィルフレッド王子はうんうんと頷いていた。

「兄上ならやる」

「え？　え？」

ノエルまで同意した。

「猫の姿の私にまで嫉妬するくらいだからねえ。人間の執事くんに嫉妬しないはずないじゃないか。ゴシュジンサマ、気をつけないと本当に王子様に軟禁されてしまうよ？」

「軟禁って……」

そんな馬鹿な。

さすがにそれは言いすぎではとアルを見る。アルは柔らかく微笑みながら小首を傾げた。

その姿にホッとする。やはり彼らが少し大袈裟すぎるのだ。

「そ、そうですよね。良かっ――」

「うん？　ああ、彼らの言ったことは大体合っていると思ってくれて間違いないよ。君より僕のことを分かってるってあたりは腹立たしいけどね。ね、僕が君を離さないって言った意味、これで分かってくれた？」

「あ……はい」

首肯するしか選択肢がなかった。

笑顔のままのアルが怖い。

時折感じる、彼の恐ろしさに触れた気がした。だけど、と思う。

――それでも、いいわ。

そんなアルに惚れてしまったのは私なのだから。

軟禁されるかもと言われても、怖い気持ちと同じくらいときめいてしまうのだから、もう私はきっとどうしようもなく彼に嵌まっているのだろう。

もじもじと恥じらっていると、ウィルフレッド王子が呆れたように言った。

「……今の兄上の台詞で顔を赤くできるって……相当だな。普通、軟禁するとか言われたら怖がるものじゃねえか？」

「リリは僕に惚れきっているからね。当たり前だよ」

「そこまで目当ての女を惚れさせた兄上の手管《てくだ》が恐ろしい。やっぱ、攻略対象の中で一番厄介で怖いのは兄上だよなあ。だからこそ推せるんだけど」

腕を組み、訳知り顔で頷くウィルフレッド王子の額をアルはぺしりとはたいた。

「何を言っているんだ。……お前も大概じゃないか。最近は、お前は僕の弟なんだなと思うことが増えたよ」

「兄上ほどじゃねえよ」

「そう？　でも仕方ないよね。それがローズブレイド王家の男なんだから」

「だよな」

「『惚れた女は逃さない』」

同時に呟かれた言葉に、絶句した。

本当に一瞬だけど、ウィルフレッド王子に捕まったクロエの未来がはっきり見えた気がしたのだ。

――クロエ。もう遅いかもしれないけど頑張って。

クロエが嫌がっていないのなら邪魔はしないし、何も言わない。

どうか、クロエが幸せであるようにと、あとは祈るしかない。

彼女が納得してウィルフレッド王子に捕まるのなら、素直に祝福できるのだから。

黒く笑う二人の兄弟を唖然と見つめながら、私はそう思うしかなかった。

終章　婚約式

ルークが戻って来ないまま、私は婚約式の日を迎えた。

婚約式は城の大広間を開放して行われる。私は朝早くから、ロッテをはじめとしたメイドたちの手によって、入念に化粧を施され、この日のために用意されたドレスに着替えた。

白のドレスは、基本的にデビュタントの時と、結婚式の時にしか着ない。

婚約式に着るドレスの色は自由なので、私は薄いピンク色を選んだ。

赤ではないが、アルの瞳を連想させる色。彼からもらった婚約の証《あかし》であるブローチとよく似た色だ。そのブローチだが、今、私の手元にはない。婚約式で使うのだそうで、数日前にアルに預けたのだ。代わりに誕生日にアルからもらったブレスレットをつけたが、毎日身につけていたブローチがないのはなんだか心許《こころもと》なかった。

ドレスは胸元が大きく開いたデザイン。大粒のダイヤのネックレスが綺麗に映える。

スカート部分は薄い生地を何枚も重ねていて、かなりのボリュームだ。腰には大きなリボンがあり、可愛らしかった。生地には金糸で細かい刺繡《ししゅう》が施されており、キラキラと光っている。

髪の毛はハーフアップにし、髪飾りの代わりに生花を飾った。

「お嬢様、お綺麗ですわ」

全ての準備を整え、完成した私を見たロッテが、うっとりと言う。他のメイドたちもやり遂げたという顔をしていた。

「ありがとう」

できればルークにも見てもらいたかったが、隣国にいる彼には無理な相談だろう。

早く帰ってきてくれるといいのにと思いつつ、迎えに来てくれた父と共に馬車に乗った。

父も今日は正装姿だ。父は私と一緒に行くが、参列するだけの兄たちや母は一時間ほど前に、先に城に向かった。

馬車が城に着く。恭《うやうや》しく扉が開けられた。真っ赤な絨毯が敷いてあり、今日が特別な日であることを感じさせられた。

「リリ。心の準備はいいな？」

「はい、お父様」

父のエスコートで馬車のタラップを降りる。私たちを大広間まで案内してくれる人物が二人、こちらへやってきた。その一人を見て、呆然とする。

「え……？」

信じられないことに、そこにいたのは、黒い正装姿のルークだった。

もう一人は、ウィルフレッド王子。こちらは予測していたから驚きはしなかったが、ルークがいることには言葉にならないほどの驚きを感じていた。

「え……どうして？」

「だから、すぐに帰ってくると言ったでしょう？　お嬢様」

思わず目を擦《こす》ってしまう。信じられないという顔をする私を見て、ルークは困ったように笑った。

ウィルフレッド王子がこれ見よがしに息を吐く。

「こいつ、ソワレ大公のところに行って、啖呵《たんか》切って帰ってきたらしいぜ。今の今まで放っておいて、今更身内面するなって」

「ルーク？　そんなこと言ったの？」

驚きのあまり目を瞬かせる。ルークは平然と頷いた。

「ええ。今まで不遇な思いをさせて悪かった。今日からは何でも思うがままだ。なんてふざけたことをおっしゃる方でしたので。挙げ句、私の仕事を馬鹿にしたんですよ。お前が傅《かしず》く必要はどこにもない。私の孫がする仕事ではない。むしろお前が人を使うことを覚えろ、でしたか。なるほど、これは喧嘩《けんか》を売られているのだなと判断しました。私が、私の誇りを持って行っている仕事を馬鹿にされたのですから、交渉は決裂。あなたの孫として生きるつもりはないとはっきり告げて、Uターンしてきました」

「で、こいつはローズブレイド王国に帰ってきたってわけ。国境を越えて真っ直《す》ぐ城に来て、『孫として祖父に会うという義理は果たした。もう文句を言われる筋合いはない。二度と引き渡しに応じないで欲しい』って、父上に言ったんだよ。……おっかしいよなあ。ソワレ大公の孫として華々しく帰ってくるっていうのがお前の通る道のはずだったのに」

「私の道を勝手に決めないで下さい。私はお嬢様の世話をするだけで手一杯で、他のことをしている余裕なんてどこにもないんです」

「ソワレ大公っつったら、うちの父上も一目置く大貴族だぜ？」

ウィルフレッド王子の言葉を、ルークは鼻で笑い飛ばした。

「だから？　私を生かしてくれたのはお嬢様であって、一度会っただけの祖父ではありません。むしろ、今まで碌に調べもせず放っておいたくせにいきなり身内顔《づら》しないで欲しいと思いましたね。調べる機会などいくらでもあったはず。それをしなかったくせに、後からしゃしゃり出てこられても困ります」

侮蔑も露《あら》わに言い放ったルークに、ウィルフレッド王子が引き攣った顔で言う。

「うわー……毒舌キャラ全開。そうだよなあ。ルークってそういう奴だったよな……全部ぶっちぎってんのに、そのキャラは変わんねえんだ」

「うるさいですよ、殿下」

ウィルフレッド王子を叱りつけ、ルークは改めて私と視線を合わせた。

「そういうわけですので、お嬢様。約束通り私は帰って参りました。もちろん、今後もお側に置いていただけるのですよね？」

断られるとは思ってもいない口調でルークが聞いてくる。それに私は頷いた。

「あ、当たり前だわ。執事がいなくて困っていたんだから、さっさと仕事に戻ってちょうだい」

「私が、ソワレ大公の孫だとしても？」

「それでルークの何かが変わるの？　それなら問題だけど」

「――いいえ」

私の答えを聞いたルークが満足げに笑う。

「変わりません。私は私のままお嬢様にお仕え致します」

「それなら、何も問題はないわね」

「ええ」

ルークが頷いてくれたので、私も笑った。

私たちのやり取りを見ていたウィルフレッド王子が複雑そうな顔をする。

「……なんか最近、マジでリズ・ベルトランの方がヒロインに見えてきた。つーか、ヒロインより質が悪いような気がしてきた。兄上……可哀想」

「……リリ。そろそろ式の時間だ。行くぞ」

立ち止まったままだった私を、父が促した。ルークに目を向け、口を開く。

「ルーク、でいいのだな？」

「はい、公爵様。私はリズお嬢様の専属執事のルークです」

「分かった。それならそう扱おう。ルーク、今まで通り、リリの世話を頼む」

「承知致しました。それではご案内致します」

恭しく頭を下げ、ルークが私たちを先導する。ウィルフレッド王子も慌てたようにルークの隣に並んだ。

二人の背中を見つめながら私は小声で聞いた。

「ねえ、どうしてルークがウィルフレッド殿下と一緒にいるの？」

「陛下からお許しをいただきまして」

「……父上も、ルークには悪いって思ってんだよ。ちょっと今回のは強引だったからな。孫だから連れて帰る。許可をよこせ、はなかったってさ。せめて本人の合意があればよかったんだけど、これだろう？」

ルークの答えにウィルフレッド王子が付け足す。

小声でのやり取りなので、絨毯の両端に立つ兵士たちには聞こえていないのが幸いだった。

長い廊下を抜け、大広間の前へと立つ。

ルークとウィルフレッド王子が廊下の両脇に退いた。

扉の前に私と父が立ったことを確認し、待機していた兵士たちがゆっくりと扉を開く。

「……」

大広間は、まるで謁見《えっけん》の間のようになっていた。

中央に赤と金の絨毯。その両脇には国内の主要貴族たちがずらりと並んでいる。大広間の一番奥は二段ほど高くなっており、最上段に玉座が据えられている。もちろんそこには国王と王妃がいた。一段低い場所にはアルがいて、私を見て微笑んでいる。彼は白地に金色を合わせた正装姿だったが、眩暈がするほどに麗しかった。

黄金で彩られた大広間は煌《きら》びやかで、まるで夢の世界にでも来たかのようだ。壁には王家の紋章が描かれたタペストリーが掛かっていて、今から重大な式典が行われるのだということがひしひしと感じられた。

圧巻の光景に思わず息を呑む。

父に手を引かれてなんとか歩きはしたが、一人だったらきっと居竦《いすく》んで動けなくなっていただろう。王家の威光を感じ、そして自分がこれからその一員になるのだと実感していた。

――私、本当にアルと結婚するんだ。

今から行うのは婚約式で結婚式ではない。だけど、そう思ってしまうような雰囲気がそこにはあった。

アルが上段から降り、絨毯の真ん中に立つ。父が立ち止まり、私を見た。

私は小さく頷き、父から離れ、アルの元へと歩く。

全身が心臓になってしまったのかと思うくらいに、緊張した。

「リリ」

差し出してくれた掌の上に、自らの手を乗せる。それだけのことに酷く体力を消耗した。

「アル……」

ホッとしつつもアルを見上げる。彼は目を細め、嬉しそうに笑った。

「やっと婚約式の条件が揃った。これで君は僕から逃げられない。婚約式後の婚約破棄は許されないからね。君は僕と結婚するしかなくなる。困ったね」

「全然困りません。それ、私には嬉しいことなんですけど」

「そう言ってくれる君だから、大好きなんだよ」

アルが楽しそうに笑う。そうして国王と王妃の方に向いた。

玉座から立ち上がった国王が宣言を行う。

「これより、ローズブレイド王国第一王子、アラン・ローズブレイドとベルトラン公爵家令嬢、リズ・ベルトラン両名の婚約式を執り行う。二人とも、まずは己の精霊を呼べ」

「はい。イグニス、フラスト」

国王の言葉に応え、アルが契約した精霊の名前を呼ぶ。アルの声に応じた二体の精霊が姿を現した。一体は、一回だけ見たことがある。炎の上級精霊だ。もう一体は肌が緑色。こちらが風の精霊なのだろう。

二体の精霊を呼び出したアルに、城内からどよめきが起こる。現在、ローズブレイド王国で精霊と二体同時契約しているのはアルだけなのだ。

めったに見ることのできない光景に、皆は釘《くぎ》付けだった。

「さあ、リリも」

「はい。……ノワール」

アルに促され、少し緊張しつつも私も己の精霊を呼んだ。今日のことは予めノワールには伝えてある。婚約式の話をすれば、「ああ、あの王家の儀式か……分かった」と頷いてくれた。その時、猫の姿だったノエルに「お前は絶対に来るな。下手をすれば他の精霊が暴れて、儀式が失敗する可能性がある」と真顔で忠告していたが、もしそれが本当なら恐ろしい話だ。

「大袈裟だよ☆」とノエルは笑っていたが、精霊のノエルに対する毛嫌いぶりは相当なものがある。私もノエルが側にいたことで長く精霊契約に失敗していた身なので、ノエルにはお願いして、今日だけは屋敷に残ってもらった。婚約式を失敗するなど、絶対に嫌だ。

ノエルは膨れていたが、「ゴシュジンサマの邪魔をする気はないから我慢するよ。晴れ姿、見たかったのになあ」と最後には頷いてくれた。

今日、屋敷を出る前、チラリとノエルの姿が見えたので、今の格好もきっと見てくれたはずだ。

私の呼び声に応じ、闇の精霊ノワールが姿を現す。精霊の姿を確認した国王は頷き、指に嵌めていた指輪を前に突き出した。それに呼応するように精霊たちが光り出す。

「……何をしているのかしら」

疑問を口にすると、隣にいたアルが小声で教えてくれた。

「指輪の儀式だよ。父上の嵌めている指輪は代々の国王に受け継がれているものでね。あの指輪に、王族とその伴侶の契約精霊の魔力を登録するんだ」

「登録、ですか？」

「そう。たとえば宝物庫なんかは、あの指輪に登録されている契約精霊の誰かを連れて行かなければ決して開かないようになっている。契約精霊を鍵としているものが意外と多くあるんだよ」

「そうなんですね」

「ウィルも誰かと婚約式を行えば、ああやって指輪に登録されることになると思うけど――今はまだだね。結婚相手が決まっていない状態では半人前とみなされるから。僕もこれでようやく、今まで父上と母上しか行けなかった場所に行けるようになるってわけ」

説明を聞いて頷いた。

精霊が鍵となっているものが多いというのなら、確かに契約精霊がいないと話にならないだろう。なるほど、だから精霊契約をしていることが必須なのかと納得しながら、私は目の前の光景を眺めていた。

国王の嵌めた指輪は金色に光っていたが、すぐにその色を消した。精霊たちもほぼ同時に姿を消す。婚約式での役目を終えたということなのだろう。

粛々《しゅくしゅく》と式は進み、いよいよ婚約式は終盤にさしかかった。婚約の文言が書かれた書類が用意される。少し緊張に震えつつも自分の名前を記す。

私に続き、アルも自らの名前を書いた。

文官が国王に恭しく書面を渡す。それに目を通した国王は一番下の欄に同じようにサインを記し、文官に書面を返した。彼らはそれを何度も確認し、頷いた後、下がっていった。

これからあの証明書は、城の保管庫に厳重にしまわれることになる。その保管庫も先ほどの指輪に登録された精霊が一緒でないと入れないらしい。

「婚約の証を」

文官が下がったのを確認してから、国王が言った。

その言葉に別の文官が、黄金の盆を頭よりも高く掲げながら持ってくる。盆の中には、アルに預けたブローチが載せられていた。

「……」

アルが盆から赤いブローチを取り上げ、私のドレスにつける。彼の促しに頷き、私も彼のブローチを手に取り、緊張しつつも彼の上衣に留めた。

「これで、二人の婚約は成立した」

国王が重々しく宣言し、それに合わせて出席者から拍手が起こる。

「――ね、リリ。挙式は、二年後だよ」

婚約式が終わり、ほうと息を吐いた私に、アルがこそりと耳打ちしてくる。聞こえた言葉に思わず彼を見上げた。

「二年後、ですか？」

「うん。君が成人した日。誕生日に結婚式をしようって考えてる。ほら、ローズブレイド王国では、結婚する両方が成人しないと結婚が認められないでしょう？　僕はもう結婚できるけど、君はまだだから。最短で結婚しようと思ったら、君の十八の誕生日を待つしかないんだよね」

「十八の誕生日……」

はっきりと結婚時期を提示され、急に彼との結婚が現実味を帯びてくる。

胸がいっぱいで返事ができない。何も言えず俯くと、アルが心配そうに聞いてきた。

「嫌？　もう少しあとの方がいい？」

「えっ……」

慌てて顔を上げる。もしかして誤解させたかとアルを見ると、彼は「でも、ごめんね」と眉を下げていた。

「君がもし、もう少し待って欲しいって言っても、僕には無理なんだ。だって僕は君を一刻も早く妻にしたいって思ってるから。本当は、今すぐ君と結婚したいって思ってるんだよ？　それを二年も待つって言ってるんだから、これ以上は勘弁して欲しいな」

「アル」

「だから、『はい』って言って。十八の誕生日に僕の妻になるって約束して欲しいな」

「……はい」

アルのお強請《ねだ》りに、私は微笑みながら頷いた。断るなんていう選択は私にはなかったし、少しでも早く結婚できるなら嬉しい気持ちしかなかったから。

「私も、早くアルと結婚したいです」

「本当？　約束、だよ？　反故《ほご》は許さないから」

「はい」

もう一度頷く。アルは表情を緩め、嬉しそうに言った。

「リリが頷いてくれてよかった」

「頷かないなんて思っていなかったくせに」

「それでも、やっぱり不安になるんだよ。だって僕は君のことが好きで好きでたまらないのだから」

クスクスと笑う。そうして彼は私に色気たっぷりの笑みを向けてきた。

「ねえ、リリ。今日のドレス、素敵だね。いつも綺麗で可愛いけれど、婚約式に着ている特別なものだからかな。より綺麗に見えるよ」

「ありがとうございます」

どんな時でもアルに褒めてもらえるのは嬉しい。

頬が少し熱かった。照れているのがばれてしまうと思っていると、アルが近くにいた警備兵の一人に、何かを命じていた。兵士は心得たように頷き、大広間から出て行く。

「？　どうしたんですか？」

「何でもない。少し待ってね」

「……はい」

分からないながらも首肯する。そういえば、婚約式の式典は全て終わったというのに、誰一人として退場していない。アルもまだ退出する気はなさそうだし、いつまでこの衆人環視の中にいればいいのだろう。

「……そういえば、ルークには会った？」

「え？　あ、はい」

話しかけられ、咄嗟に頷いた。アルは「彼、すごいよね」と若干、呆れたように言う。

「君に仕え続けたいから、ソワレ大公の孫の座なんて要らないって啖呵を切ってきたんだからさ。そこまでされると、僕も負けられないって思うよね」

「負けられない、ですか？」

「分からない？　ルークと種類は違うけど、思いの深さでは負けられないってことだよ」

「え？」

彼の真意を掴めず、キョトンとする。

先ほどアルに命令された兵士が戻って来た。真っ赤な薔薇の花束を抱えている。驚くくらい大きな花束だ。それを兵士は恭しくアルに差し出した。アルはそれを受け取ると、私の前に立ち、跪《ひざまず》いた。

「えっ……」

何が起こったのか、分からなかった。

跪いたアルは、私を見上げ、真心の籠もった瞳で告げた。

「婚約式とは関係なく、改めて申し込むよ。——リズ・ベルトラン嬢。僕は君を愛しています。だから、僕の妻となって、この先を一緒に生きて下さい」

「……っ！」

思わず口元を押さえた。

アルが手にした薔薇の花束を私に差し出してくる。驚きのあまり、目を見開くことしかできない。

そんな私に、アルが悪戯っ子のような口調で告げる。

「——知ってる？　薔薇の花束ってさ、本数によって意味が変わるんだって。三本で『あなたを愛しています』。十一本で『最愛』、だったかな。そしてこれはね、九十九本あるんだ。百八本と悩んだんだけど、僕としてはこっちにしたいなって」

「九十九本……」

大きすぎる花束をまじまじと見つめる。アルは何も答えない私に、更に言った。

「ちなみに、百八本は『結婚して下さい』なんだ。九百九十九本も捨てがたかったんだけどね。『何度生まれ変わってもあなたを愛する』なんて、素敵だと思わない？　でも、さすがに贈るには現実的ではないから」

「……九十九本には、どんな意味があるんですか？」

声が勝手に震える。胸の中には表現できないほどの歓喜の感情が渦巻いていた。視界が滲む。

アルが、見惚れるような笑みを浮かべながら言った。

「『永遠の愛』だよ、リリ。僕は君に永遠を誓う。だから君も、同じように誓って欲しいな」

ぶわりと涙が溢れ出た。

何と言ったらいいのか、胸がいっぱいで苦しくて仕方ない。それでも必死で首を縦に振った。

「……はい」

止まらない涙に困りながらも、何とか彼の手から花束を受け取る。花束はかなりの重量があったが、不思議と軽く感じた。アルに応えたいと思い、声を出そうとするのだが、嗚咽《おえつ》が漏れて言葉にならない。

「誓い……ます。ううっ……私も……アルのこと……愛するって……」

「うん、嬉しい」

アルが立ち上がり、薔薇の花束ごと私を抱き締める。その瞬間、会場から割れんばかりの拍手が沸き起こった。

出席している貴族たちも、警備の兵たちも、国王と王妃ですら拍手をしてくれている。私以外の皆が、アルの今の行動を知っていたのだろう。

だから誰も退出せず、待っていたのだとようやく気がついた。

皆が祝福してくれている。私とアルが婚約したことを、彼と結婚することを喜んでくれているのだ。

それが嬉しくてたまらなかった。

感極まり、また涙が溢れてしまう。

「私……私……ううう」

泣きじゃくる私をアルが優しい声で慰める。

「ああ……せっかく綺麗にお化粧しているのに、泣かないでよ。君を泣かせるつもりなんてなかったんだ」

「嬉しすぎて……無理です……うう……」

小さく左右に首を振る。いつまでも泣いているのはみっともないと分かっていたけど止まらない。

アルが私に愛を示してくれたのが嬉しくて、彼の愛情を受け取ることができた自分が幸せで仕方なかった。

「リリ、愛してる」

「——私……も、アルの……ことを、愛しています」

アルの顔が近づいてくる。口づけをされるのだと気づき、私は真っ赤になった目を閉じた。涙が一筋、頬を伝って流れていく。

こんなところで、皆が見ている前で口づけをするなんて正気の沙汰《さた》とは思えない。それは分かっていたけれど、彼の行動を止めようとは微塵《みじん》も思わなかった。

やがてアルの柔らかな唇が触れ、離れて行く。嬉しくて、また泣いてしまった。

アルが私の目を見て、にっこりと笑った。

「ふふ、リリってば、目が真っ赤になってる。ウサギみたいで可愛いね」

「……嘘ばっかり。私、すごくみっともないことになってるって分かってます」

グスグス泣いているのだ。メイドたちが頑張ってくれた化粧も取れてしまっただろう。恨みがましげにアルを見つめると、彼はクスクスと笑った。

「嘘なんて吐いてないよ。リリはいつだって可愛いから。それにね、君が泣いているのは嬉しかったからだ。喜びのあまり泣いてくれた婚約者を可愛いって思わない男はいないと思うな」

「……もう、アルってば」

「僕はリリ馬鹿だからね。どんな君も可愛いと思ってるよ」

本気の声音に、私はようやく涙を止めた。

アルが嬉しそうに指摘する。

「あ、やっと泣き止んでくれた。ねえ、どんな君も素敵だけど、やっぱり笑顔が一番可愛いと思うよ。二年後が待ちきれないな。早く君を妻に迎えたい」

「アル」

「ねえリリ、君は？　どう思ってくれているの？」

答えが分かっているくせに聞いてくるアルはちょっと意地悪だ。

私は涙に濡れて真っ赤になった目を擦りつつも、とっておきの笑顔と共に「待ち遠しいに決まってます」と彼の望む答えを返した。

◇

――リズ・ベルトラン十六歳。

『悪役令嬢』だったかもしれない私は、完璧令嬢とはまだまだほど遠いが、それでも『第一王子の婚約者』として皆に認められる程度には、どうやら成長することができたのかも――しれない。

書き下ろし番外編　二人の王子とダブルデート

気分が悪い。

僕は苛々した気持ちを抱えながら、近くにあったクッションをベッドの上に投げつけた。

◇◇◇

愛するリリと無事婚約式を終え、あとは二年後の結婚式を待つのみ。現在幸せの絶頂にいるはずの僕が、そもそもどうしてこんなにも機嫌が悪いのかと言えば、それにはもちろん理由がある。

ソワレ大公の孫の座を蹴り倒して帰ってきたルークと、何故か公爵家でペットとして飼われている大魔法使いノエル。間違いなくこの二人のせいだ。

二人は僕が忙しいのをいいことに、終始リリを独占し、楽しい毎日を送っている。

ルークの気持ちが『敬愛』であることは疑っていないので、そこまで腹も立たないが、問題はノエルだ。

あの猫は、猫の姿でゴロゴロとリリに懐いては膝の上に乗り、毎日ブラッシングまでしてもらっているという。その上、人型になり、彼女の家庭教師まで務めていると話を聞けば、僕が嫉妬するのも当然ではないだろうか。

「ほんと、あの猫ムカつくんだけど」

今日は久々にリリと会うことのできる数少ない休日だった。だから、彼女と二人でまったり過ごしたいと思って屋敷に遊びに行ったというのに、常にルークは後ろに控えているし、ノエルはニャンニャンとわざとらしくうるさいしで、碌にイチャつくこともできなかったのだ。

「ふざけてる。僕はリリの婚約者だぞ……」

可愛い可愛い、目の中に入れても痛くないほど愛しく思っている婚約者。彼女と恋人らしいひときを過ごしに行ったというのに、その目的は達成できず、逆にストレスが溜まるというのだからやりきれない。

僕としては、思う存分リリを抱き締め、キスをして、できればほんの少しだけでも先に進みたいと思っていたというのに……！

このままでは、結婚するまで碌に二人の関係も進展できないのではないだろうか。

全くもってふざけている。

「……」

ベッドの上に放り投げたクッションを取り上げ、主室に戻る。

ロングソファにクッションを戻し、そこにだらしなく転がった。

普段なら絶対にしない格好だが、誰もいないし構わないだろう。

どうにかこの苛々した気持ちを鎮めたい。

そんな風に思っていると、部屋の扉がノックされた。

一瞬、居留守を使おうかと考え、やはりそれは駄目だろうと思い直した。

「……はい」

「兄上！　入っても構わないか？」

「……なんだ、ウィルか。構わないよ」

やってきたのは、最近ようやく言動と行動がまともになってきた弟だった。

弟は部屋に入ってくると、ロングソファに伸びている僕を見て、目を丸くする。

「珍しいな。兄上がそんな格好で転がってるなんて」

「……僕にだって、やさぐれたい気持ちの時くらいあるんだ」

「それって、どうせリズ・ベルトランのことだろう？」

「……それの何が悪い」

一発で原因を当てられ、ムスッとしながら身体を起こした。弟は肩を竦め、ロングソファの近くにある一人掛けのソファに腰掛ける。

「別に悪いなんて言ってないけど。兄上が嫉妬深いのはよく知ってるし。つーかさ！　それより、オレの話を聞いて欲しいんだけど！」

「……今度はなんだ」

クロエ・カーライル伯爵令嬢のことが好きな弟は、今現在、彼女を落とそうと頑張っている。

以前までなら、絶対に応援などしたくなかったが、ここのところは静観くらいならしてもいいかと思える程度には弟の行動はマシになってきた。

だが、困るのが、弟が何かと僕に相談を持ちかけてくるということ。

ゲームだなんだ言っていた時から、そして今も、弟はクロエ・カーライル伯爵令嬢と何かある度に僕を訪ねてきては、愚痴や相談をしてくるのだ。

どうせ今日も碌な話ではないだろう。そう思いつつ弟に話を促すと、彼は「ヴィクター」とボソリと呟いた。

ウィルが言うヴィクターなんて一人しかいない。

リリの兄、ヴィクター・ベルトラン。彼だけだ。

「ヴィクターがどうかしたのかい？」

「邪魔なんだ」

「……どういうことだ？」

僕の知る限り、特にヴィクターは何もしていなかったはずだ。彼は弟を構うのに忙しく、恋愛どころではないから。

だがウィルは、そうは思っていないようで、苛々と声を荒らげた。

「クロエが！　最近、やたらと『ヴィクター様が』『ヴィクター様が』って言うんだよ！　しかも嬉しそうに頬を染めてさ！　も、ほんと苛ついてたまらない。怒鳴り散らしたいところを我慢して『へえ』で流してるオレ、頑張ってると思わないか？」

「……お前も成長したね」

以前までのウィルなら、確実に切れていたと思いながら頷く。

弟も好いた女性によく思ってもらおうと、彼なりに頑張っているのだ。

「それで？　話はそれで終わりかい？　前にも言った通り、ヴィクターの方にその気はないと思うよ。彼は弟を構うのに忙しいからね」

「それは分かってるって……」

僕の言葉に、弟は苦い顔をしつつも頷いた。

「クロエが勝手に惚れてるだけだって分かってる。ヴィクターは、何も関係ない。でも、理屈じゃないんだよな。苛つくんだ。惚れた女には自分を見て欲しいって気持ち、兄上も分かるだろう？」

「ああ」

「そこで！　お願いがあるんだ」

「断る」

ようやく本題に入ったなと思いつつ、僕は流れるように弟の頼みを断った。

ウィルが驚いたように目を見張る。

「は？　まだオレ、何も言ってないんだけど！　話も聞かずに断るとか、兄上、酷くないか⁉」

「知らないよ。僕はお前に巻き込まれるのはごめんなんだ。断るのが一番確実だろう」

「そんなこと言わずにさ！　兄上、頼む。この通りだ。オレ、クロエと外でデートがしたいんだよ。でもクロエはまだそこまでオレに気を許してくれていなくてさ。だから、クロエが頷いてくれやすくなるように、ダブルデートをして欲しいんだ」

「は？」

我ながら低い声が出た。

何を言っているのかとウィルを睨んだが、ウィルは全く堪えていないようだった。

思わず立ち上がり、ウィルの側へ行く。弟の頬を思いきり抓った。

「いて！　いててて！　兄上、痛いって！」

「痛くしているんだからね。当然だよ」

「なんで！」

「それはこちらの台詞だよ。どうして僕がお前のために、わざわざダブルデートなんてしてやらなくちゃいけないのかな？　それでなくても最近、なかなか二人きりになれなくて苛々しているんだ。お前に協力する余裕はどこにもないね」

「うわ。兄上、ルークとノエルに邪魔されてるんだ。笑える」

底意地の悪い笑い方に、イラッときた。

「……そうか。お前は一人で頑張ると言うんだね。僕は応援しないし、ヴィクターにカーライル嬢を取られても慰めることは一切ないと思うけど、それで構わないと。よく分かったよ」

「兄上、オレが悪かった！　悪かったから、胸に突き刺さるようなことを言わないでくれよ！」

「最初に要らないことを言ったのはお前だろう」

「……悪かったよ」

はあ、と嘆息する。

抓っていた頬を放し、元のソファへと戻った。そうして一応、念を押しておく。

「とにかく、僕はダブルデートなんてしないから」

「ちえっ……」

残念そうな声を出されても、嫌なものは嫌だ。

大体、そんなことをしなくても、僕はリリを普通に誘うことができる。ウィルと一緒にダブルデートをする意味なんて僕の方には全くないのだ。

「……リズ・ベルトランの好きなものとか知りたくないか？」

「……何？」

ポツリと零された言葉に思わず反応する。弟はかかったとばかりににんまりと笑った。

「実はオレ、リズ・ベルトランのプロフィールなら大体覚えているから、何が好きかとか分かるんだよなあ。なあ、兄上。好きな女に喜んで欲しくないか？　オレが協力すれば、確実に喜んでもらえるものを贈ることができるんだぞ」

「……リリは僕が贈ったものならなんでも喜んでくれる」

「そりゃあ、そうだろ。でも、それと好みは別問題だよな」

「……」

それは、そうかもしれない。

そして弟の言う、リリの好みというものがどうにも気になってしまった。

だからつい、確認してしまう。

「……それは、確実にリリが喜んでくれるものなんだな？」

「おう！　嘘だったら、二度と協力してくれなくていい」

「……」

弟がそこまで言うということは、相当自信があるに違いない。

リリとの二人きりのデートと、彼女の好みを知り、ダブルデートをすることを天秤に掛ける。

「……」

好みのものを贈られたリリの笑顔を思い浮かべた。

その瞬間、天秤はあっさりと片方に傾いた。ウィルが窺うように僕の名前を呼んでくる。

「兄上？」

「……一度だけだからね」

「よっしゃあああ‼」

弟が両手を高く天井に向かって突き上げた。

その様子を見ながら、僕は自分の出した決断を早くも撤回したくなっていた。

◇◇◇

ウィルの提案を受け入れてから、二週間後。

意外に早く、ウィル、カーライル嬢、リリ、僕のダブルデートは実現した。

心の底から気は進まなかったが、リリに会えるのだけは嬉しい。それに行き先は、リリが好きだという場所だとウィルに聞いていたから、純粋に興味があった。

「ま、任せておけって」

そう言って、ウィルが僕たちを連れて行ったのは、王都の大通りにある可愛らしいカフェだった。

特別人気というわけでもない。だが、内装は女性向けで、赤やピンク、白といった可愛らしい色で統一されていた。愛らしいウサギや猫のぬいぐるみが並んでいる。ものすごく華やかだ。男性一人なら間違いなくUターンしてしまうような店だった。

「……ここが?」

どうせカフェに行くのなら、王都で一番人気の店を選べばよかったのではないか。

そんな気持ちを込めてウィルを見ると、弟は黙って首を横に振った。そうして、リリとクロエに目を向ける。仕方なく僕も弟に倣った。

カフェを驚いた様子で見ていた二人は、すぐに目を輝かせた。

「可愛い！　こんなカフェがあったのね！」

「ね、リリ。すごく可愛いわ。ねえ、ウサギのパフェがあるみたいよ。食べてみたい！」

「私はこの猫のイチゴパフェが食べたいわ。すごい……私の家の料理人たちは、パフェなんて作ってくれないのよ。可愛い、夢みたい……」

心底喜んでいる様子のリリに驚きを隠せない。

彼女はうっとりとしながら、店先に並べられているメニューを見ていた。

弟が、僕の脇腹を突く。

「リズ・ベルトランは、見た目に反して、意外と可愛いもの好きなんだ。カフェとか、あとは雑貨。ノエルで分かっているだろうが、動物も好き。普段は隠してるんだが、好きなものを目にすると、目の色が変わるからすぐに分かる。な、プレゼントの参考にもなるだろ?」

「分かったけど、まずは訂正してくれないか。リリは、見た目も可愛い。見た目に反して、などと言われる覚えはないね」

「……兄上、うざ……」

残念なものを見るような目で見られたが、無視した。

リリを、婚約者を否定されるのは許せない。そんなのは当たり前のことだ。

店員の案内で窓際の席に四人で座る。

リリの隣にはカーライル嬢が座った。二人でメニュー表を見て、わいわいと実に楽しそうだ。

本当は僕が隣に座りたかったけれど、嬉しそうに笑うリリを見ていると、まあいいかと優しい気持ちになれるのだから不思議なものだ。

「……リリはこういう店が好きなのか」

小さく呟く。

たとえばだが、僕がリリを王都で一番の人気店に連れて行ったとして、彼女はこれほど喜びを露わにしてくれただろうか。

嬉しいと本心から言ってくれるだろうことは分かっているが、多分、今、目にしている彼女ほどの喜びは見せてくれなかったに違いない。

「な？　言った通りだろう？」

「……認めたくないけど、僕が連れて行こうと思っていた店より喜んでいるだろうことは分かる」

「本人はあまり認めたがらないけどな。背伸びして、もっと大人っぽいものを好む振りをしがちだが、実際はこういうものが好きなんだ」

「そうか……」

確かにリリには、自分をより大人っぽく見せようとする節がある。

そんなことをする必要は全くないと思うし、僕はどんなリリでも可愛いと思うのだけど、彼女はそうは思っていないのだろう。

「正直に話してくれればいいのに」

「プライド高いからな。公爵令嬢の自分が、可愛いものが好きだなんて格好悪いとでも思ってたんだろ。ま、今はそうでもないみたいだけど。だって普通に喜んでるだろ？」

「……そうだね」

目をキラキラと輝かせながらカーライル嬢と話すリリは確かに、自分の好みを隠そうとはしていないみたいだった。彼女も色々と変わり、自らの好みを偽らなくなってきたのだろう。とてもいい傾向だ。

「もっと、リリの好きなところに連れて行ってあげたいな」

ただ、人気なだけではなく、彼女が好きだと思う場所に。

そう思っているとウィルが言った。

「兄上の好きな場所に連れて行っても喜ぶんじゃね？　リズ・ベルトランならさ」

「僕の？　うん、そうだね」

ウィルの言葉に同意した。

確かに彼女なら、きっと喜んでくれるだろう。僕が好きなのは、城の上階から見る夕焼けなのだけれど、今度リリを連れて行ってみてもいいかもしれない。

「たまにはいいことを言うじゃないか」

「たまにって……兄上、オレのこと、何だと思ってるんだ？」

眉を寄せるウィル。

それに僕は笑うだけで答えず、可愛い恋人を観察することに意識を向けた。

◇◇◇

「お待たせ致しました。イチゴパフェでございます」

「わあ！」

リリの前にどんと置かれた高さ三十センチ以上はあろうかというパフェを見て、僕とウィルはほぼ同時に顔を引き攣らせた。

大きな器にこれでもかと盛られた生クリームにイチゴ。バニラとイチゴのアイス。チョコレートまで載っている。猫の耳を模したクッキーが天辺には飾られ、肉球の形をしたマドレーヌが二つ。

猫を意識しているということは分かったが、ここまでする必要があるのだろうか。

甘味を詰め込んだパフェに驚愕しかなかったのだが、女性陣は全く平気なのか、むしろ嬉しげにしていた。

「すごい！　美味しそう！」

「わああ！　リリのパフェ、美味しそう！　ねえ、私のチョコレートパフェ、一口あげるからあなたのパフェも少しちょうだい」

「もちろん！　いいわ！」

キャッキャッとはしゃぐ二人。僕は無言で珈琲《コーヒー》を口に含んだ。ウィルも僕に倣い、カップを取る。

基本的に、僕もウィルも好き嫌いはないが、さすがにあの量の甘味をと言われると遠慮したい。見ているだけで胸焼けしそうだ。

「ま、リリが楽しそうだからいいけど」

彼女が嬉しそうに笑っている顔を見られるだけで、僕にとっては価値がある。そう思いつつ、ふと窓の外を見ると、道を歩いていた者たちと目が合った。

僕に気づかれたことが分かったのか、慌ててその場を離れる。

それを見て、なるほどと思った。

——これもウィルの外堀埋めといったところか。

僕とリリが婚約したことは知られている。その僕たちと一緒にいる二人にどうしても目は行くだろう。そうして第二王子であるウィルと、彼が明らかに大事にしているカーライル嬢を見るわけだ。皆がどんな想像をするのか、手に取るように分かる。

「……お前も大概性格が悪いね」

「え？　兄上には負けると思うけど」

「上手くダブルデートに持ち込んでおいて、よく言うよ」

小さく溜息を吐いた。

積極的に弟に協力する気はなかったのだが、結果としてそうなってしまったようだ。

気づいていないカーライル嬢には本当に申し訳ないと思うと同時に、気づかないのだから仕方ないかなとも思ってしまう。

彼女には嫌なら断るという選択肢があった。

リリと僕もいるからとウィルに言われて、それならとあっさり頷いたのだから、自業自得というものだ。

僕たちが珈琲を飲み終わる頃、リリもカーライル嬢も巨大ともいえるパフェを見事に食べきった。絶対に食べきれないと思ったのに、女性というものは恐ろしい。

だけどリリが満足そうなのは嬉しかった。

こちらが誘ったのだからと僕が代表して支払いを済ませ、店の外に出る。

次は雑貨店に行こうとウィルが誘い、それにリリもカーライル嬢も興味津々の顔をした。

――なるほど。ウィルが教えてくれた通り、リリは可愛らしいものが本当に好きらしい。

だけど、それだけ確認できれば十分だ。

「リリ」

「え、アル？」

雑貨店に移動しようとするリリの腕を掴んだ。突然の僕の行動に、リリが驚いた顔で見上げてくる。

「ど、どうなさったのですか？」

「うん。ちょっとね」

そう言い、ウィルとカーライル嬢の二人を見る。

僕は特にウィルに向かってにっこりと笑った。

「悪いけど、僕たちはこれで失礼させてもらうよ。実は、結婚式の準備でリリに相談しなくちゃいけないことがあって。ここからは別行動にしよう」

「えっ……？　兄上？」

「リリ。来てくれるよね」

「も、もちろんです」

リリに聞くと、彼女は慌てて頷いてくれた。僕の話を聞いたカーライル嬢もそれならと口を開く。

「これで解散にしましょう？　二人のお邪魔をするのもよくないし。今日はありがとうございました」

それに青ざめたのがウィルだった。

「ちょ、ちょっと待ってくれよ！　クロエ。せ、せっかくなんだ。オレと二人で雑貨店に行けばいいじゃないか。行きたいんだろう？」

「それはそうですけど。リリがいないのなら意味がないし……その、ウィルと二人で変な誤解をされても、あなたも私も困るでしょう？」

「……！　い、いや、オレは……」

「私たちは友人。こういうことはきっちり線引きをしたいと思うのですけど」

さすがに人目のあるところで二人きりにはなりたくないと暗に言ったカーライル嬢に、ウィルが悔しげな顔をする。

それでもこれ以上は抵抗できないと悟ったのか、今までの中では一番大人しく頷いた。

「そ、そうだ……な。今日はここまでにしよう」

「良かった。じゃあね、リリ」

「ええ！」

僕たちにも挨拶を済ませ、さっさと立ち去ろうとするカーライル嬢に、ウィルが慌てて言った。

「あ、送っていく！」

「大丈夫です。ここは人通りが多いですから」

「い、いや……でも」

「リリ、行こうか」

これ以上見ていても仕方ない。リリを促すと、彼女は素直に「はい」と頷いた。チラリと後ろを振り返ると、恨めしげに僕を見つめるウィルと目が合ったが無視をする。

十分、利用されてやったはずだ。これ以上は必要ないだろう。

「えっと、アル？　それで、結婚式の相談って？」

僕の隣を大人しく歩いていたリリが聞いてきた。それに僕は笑顔で答える。

「ああ、あれ？　嘘だよ」

「嘘⁉」

「うん。だって二人きりになりたかったから」

ああ言えば、さすがの二人も遠慮してくれると思ったのだ。元々僕は、リリと二人きりで出掛けたかった。リリの好みを教えてくれるというから我慢したけれど、もう限界だ。

「君と二人きりで町を歩きたいって思ったからなんだけど……駄目だったかな？」

そう言うと、リリは顔を赤くして俯いた。

「駄目だなんて……そんなこと、あるわけありません」

「うん。良かった」

リリの左手をキュッと握る。

手を繋がれたことに気づいたリリが驚いたように僕を見た。

「アル……あの？」

「うん？　いつも城では手を繋いで歩いているじゃないか。別に構わないでしょう？」

「えっ、でも……その、ここは王都の大通りで、人目もありますし……」

「君は嫌？」

「えっ、嫌なんて……！」

「じゃ、いいよね」

リリが恥ずかしがっているだけなのは分かっている。実際彼女はそれ以上文句を言うこともなく、頬を染めたまま素直に手を握り返してきたのだから。

こういうところがリリは本当に可愛らしいと思う。

「……リリは可愛いよね」

「えっ……」

思わず本音が口から零れた。

だけど実際こうして、僕と手を繋いで嬉しそうにしてくれているリリを見ていると、意に沿わないダブルデートをしたことも、まあ良かったのかなと思えるくらいには、気持ちが穏やかになるのだから、彼女は僕にとっての特効薬で間違いないのだろう。

「……楽しかった？」

二人でゆっくり道を歩きながら話しかける。

一瞬何のことか分からないという顔をしたリリだったが、すぐに今日のダブルデートのことだと気づいたのだろう。笑顔で肯定の返事をした。

「はい。とっても。その……アルだけでなく、クロエも一緒にというのはすごく楽しかったです。

その、二人とも私の大事な人だから」

——ああ、僕のリリがものすごく可愛らしい。

本当にこれだけで、次、ウィルにダブルデートと言われても、考慮してやってもいいと思えるのだから不思議なものだ。

すっかり機嫌を良くした僕は、リリの手を強く握り、「それなら良かった。じゃ、今から予定していた雑貨店でも行こうか。二人で見て回るのもいいよね」と彼女を喜ばせ、ついでに僕ももっと気分が良くなった。

あとがき

こんにちは。月神《つきがみ》サキです。

『悪役令嬢になりたくないので、王子様と一緒に完璧令嬢を目指します！3』をお買い上げいただきありがとうございます。

これにて、『悪役令嬢になりたくないので〜』第一部終了です。

また機会があれば、この後の話も書いてみたいなと思いますが、まずはここまで。

今回、個人的なポイントはノエルでした。一巻から登場していたくせに、その正体が明かされたのは三巻というお猫様でしたが、私は非常に好きなキャラクターでした。

いつの間にか、家族大好きになっていたヴィクターも好きです。今回はあまり出番がありませんでしたが、リリの家族の話は書いていて楽しいです。

あとはルークでしょうか。

リリのお相手に！　なんていう感想をいただいたこともありましたが、「え？　あのアルから奪うの？　不可能じゃない？（ガクブル）」と思っていました。

三巻にもなると、わりとあからさまになってきましたが、アルは手段を選ばないところがありますからね？

ウィルも言っていたでしょう？　敵に回すと一番怖いキャラだって。

いや、本当、アルからリリを奪うなんて暴挙……想像するだけで怖いです。

挿絵を描いて下さった雲屋《くもや》ゆきお先生。

お忙しい中、素晴らしいイラストの数々をありがとうございました。今回の表紙のカラーリングが大好きです。幸せいっぱいの二人に思わずにっこりしてしまいました。あと、ノエルがイメージ通り過ぎて、見た瞬間噴きました。

とても嬉しかったです。

そして、最後になりましたが、皆様、『悪役令嬢になりたくないので～』にお付き合い下さり、本当にありがとうございました。

リリは今後も、『悪役令嬢』にならないよう、頑張っていくと思います。

腹黒王子のアルと一緒に（笑）。

そんな二人の話を、またどこかでお目に掛かることができるようにと願いつつ、筆を置かせていただきます。

また、お会いできますように。

月神サキ

PS. 次は、外堀シリーズ（ピンク）、第三弾を予定しています。

Jパブリッシング http://www.j-publishing.co.jp/fairykiss/ 定価：本体 1200 円＋税

Jパブリッシング　http://www.j-publishing.co.jp/fairykiss/　定価：本体 1200 円＋税

FK comics

フェアリーキス作品が続々コミカライズ！

FKcomics　各電子書店にて配信中！

隔月奇数月配信！

悪役令嬢になりたくないので、王子様と一緒に完璧令嬢を目指します！3

著者　月神サキ
© SAKI TSUKIGAMI

2020年1月5日　初版発行

発行人　神永泰宏

発行所　株式会社 J パブリッシング
〒102-0073　東京都千代田区九段北1-5-9 3F
TEL 03-4332-5141　FAX03-4332-5318

製版　サンシン企画

印刷所　中央精版印刷株式会社

定価はカバーに表示してあります。

万一、乱丁・落丁本がございましたら小社までお送り下さい。

本書のコピー、スキャン、デジタル化等の無断複製は著作権法上の例外を除き禁じられています。

ISBN：978-4-86669-260-9
Printed in JAPAN